KB066871

# 마지막 서커스

박송아 소설집

# 마지막 서커스

박송아 소설집

아시아

# 차례

배꼽의 기원

너는 누가 더 좋니? 내게 그렇게 물었던 건 누구였을까. '커트 리'였던가, 세 번째 아버지였던가. 아니면 바나나 어머니였던가. 어쩌면 내가 거쳐 지나갔던 여러 명의 아버지와 어머니 모두 한 번씩은 물었던 질문이었을 수도 있다.

　처음 그 질문을 들었을 때, 나는 여섯 살이었다. 으레 그 나이 또래의 아이가 더 좋아하는 사람은 뻔했다. 엄마가 더 좋아! 하지만 나이를 먹어갈수록 대답은 어려워졌다. 열한 살 땐 한참을 망설였다. 한쪽을 선택하면 다른 한쪽이 시무룩해질 것을 알았던 나이였다. 둘 다 좋아요. 중학교를 졸업하고 나서는 짜증이 났다. 세상에서 제일 지긋지긋한 질문이야! 돌이켜보면 그 당시엔 누군가 말을 걸기만 해도 화를 냈었던 것 같다. 더 이상 누구도 그 질문을 하지 않게 되었을 때는 혼잣말로 중얼거렸다. 전부 다 싫어. 그러다 문득 십대가 지나갔다는 것을 깨닫게 되었다.

온전한 진심이었던 적은 딱 한 번이었다. 초등학교 5학년 운동회에서였다. 흐리다가 가끔씩 비도 내렸던 날. 구령대 옆에 설치된 하얀색 천막 아래에 앉아 있던 교장은 꾸벅꾸벅 졸다가도 비가 오면 마이크를 잡았다. 아, 아. 들립니까? 이만 돌아가십시오. 안내방송을 들은 학생들과 학부모들이 막 교문을 나서려고 하면 거짓말처럼 비가 멈췄다. 그러면 교장은 또 마이크를 잡았다. 아, 아. 들립니까? 다시 돌아오세요. 변덕스러운 가랑비에도 교장은 매번 안내방송을 했다. 덕분에 학생들과 학부모들은 운동회 내내 우왕좌왕했다. 혼자서 운동회를 보러 온 세 번째 아버지는 교문을 나섰다가 돌아오길 일곱 번쯤 반복하고 나자 큰 소리로 외쳤다. 우라질, 이건 뭐 똥개훈련도 아니고! 그는 곧바로 내게 사과하며 초록색 솜사탕을 사줬다. 안 들은 걸로 해줄래? 금세 솜사탕 한 개를 먹어치웠던 내가 제안했다. 파란색 솜사탕도 사주면 생각해보죠. 세 번째 아버지가 껄껄 웃었다. 너는 정말 훌륭한 사람이 될 거야. 나는 초록색 솜사탕보다 큰 파란색 솜사탕을 먹을 수 있었다.

운동회의 마지막 행사는 학부모와 함께하는 2인 3각 달리기였다. 각 반마다 대표로 한 팀씩 출전했다. 우리 반 대표는 나와 세 번째 아버지였다. 언젠가 세 번째 아버지가 했던 말 때문이었다. 달리기 하면 나지, 왕년에 육상선수였거든. 그는 '왕년'이라는 단어를 자주 사용했었다. 왕년에 축구선수, 왕년에 일류 요리사, 왕년에 가수. 나는 항상 그의 왕년의 이야기들을 믿었었다. 그는 정말로 축구선수처럼 허벅지가 튼튼했고, 끓여주는 라면 맛은 끝내줬으며, 그의 18번곡인 '물안개'는 동네 어른들의 눈시울을 적셨으니까.

막상 경기가 시작되자 그와 나는 한 발짝씩 뗄 때마다 넘어지기 일쑤였다. 세 번째 아버지는 내 어깨 위에 팔을 두르며 말했다. 천천히 해보자, 할 수 있어. 그러나 나는 다급했다. 바로 직전까지 우리 반이 종합 2등이었기 때문이다. 여기에서 이겨야 우승할 수 있어요! 하지만 전혀 호흡이 맞질 않았다. 나는 세 번째 아버지가 오른발을 앞으로 내디딜 때 왼발을 뒤로 움직이거나, 그가 왼발을 앞으로 내디딜 때 오른발을 뒤로 움직였다. 결국 우리는 마지막으로 결승선을 밟았다. 너 때문에 졌어! 오락부장이 분에 못 이겨 소리쳤던 말이 지금까지도 또렷하다.

절뚝거리며 집으로 돌아가는 길에 내가 울먹였다. 죄송해요, 모든 게 나 때문이야. 아버지 혼자서 뛰었으면 분명 이겼을 텐데. 세 번째 아버지는 대답 대신 교문 옆에 서 있던 솜사탕 장수에게로 갔다. 따따블로 주쇼. 내 몸집만큼 커다란 분홍색 솜사탕이 만들어졌다. 내게 그 솜사탕을 안겨준 세 번째 아버지는 이미 솜사탕 두 개를 먹어치워 끈적거리는 내 손도 잡아줬다. 순간 부푼 솜사탕만큼 가슴이 벅차올랐다. 그래서 아무도 듣지 못하게 작은 목소리로 고백했다. 나는 당신이 제일 좋아요, 라고.

차곡차곡 살아가다 보면 그런 날이 있다. 나 스스로의 쓸모를 도무지 생각해낼 수 없는 날. 그래서 사라져버려도 괜찮을 것만 같은 날이 찾아들곤 하는 것이다. 지난 5년 동안 룸메이트였던 M이 떠나는 오늘이 바로 그런 날이었다.

이른 아침부터 M은 이삿짐을 싸느라 부산스러웠다. 어디로 가니? 내가 묻자 M이 무뚝뚝하게 대꾸했다. 너랑 이야기하고 싶지 않아, 이해해? 그녀는 내가 도와주겠다는 말도 못들은 척했다. 나는 조용히 내 방으로 들어왔다. 그리고 휴대폰으로 중국집에 전화를 걸었다. 마지막이니까, M이 평소 좋아하던 음식을 먹여주고 싶었다. 우리 동네 중국집은 24시간 배달을 해주는 것으로 유명했다. 네이, 24시간 배달되는 착한 중국집입니다. 잠이 덜 깬 목소리의 남자가 전화를 받았다. 짜장면 두 그릇과 중간 크기의 탕수육 한 접시를 주문했다. 남자는 기뻐했다. 그는 매일 아침마다 달랑 한 그릇만 시키는 주문이 들어올까 봐 조마조마하다고 했다. 어쩐지 중국집을 연 뒤로부터 심장이 안 좋아졌다는 말도 덧붙였다. 오늘 무슨 특별한 날인가 봐요? 무척 고마워하는 그 덕분에 기분이 조금 나아졌다. 아마도요. 그는 특별한 날인만큼 음식도 특별히 맛있게 해서 가져다주겠다고 했다. 그 말은 믿기 어려웠다. 한 번은 이 중국집 짜장면을 먹던 M이 전화를 걸어 항의했던 적이 있었다. 착한 중국집은 개뿔, 이건 정말 나쁜 맛이야! 다음 날, 집 문 앞엔 탕수육을 교환할 수 있는 쿠폰 10장과 함께 '앞으론 착해지겠습니다.'라고 적힌 쪽지가 놓여 있었다.

주문을 마친 뒤 방 밖으로 나왔다. M은 상자 하나를 들고 현관에 서 있었다. 5년간 자취생활을 했던 그녀의 짐이 상자 하나뿐인가 싶어 놀랐다. 나를 쳐다보고 서 있는 M에게 짜장면을 먹고 가라고 했다. M은 고개를 저었다. 한동안 말없이 서로를 보고만 있었다. 한마디라도 해주고 떠나길 바라는 나의 마음을 알아차렸는지 이내 M이 나지막하게 말했다. 너가 죽어버렸으면 좋겠어. 그리고 나가버렸다. 나는 M이 떠난 자리를 향해 고개를 끄덕였다.

M이 집을 나선 지 얼마 지나지 않아 음식이 배달됐다. 네이, 착한 중국집 배달 왔습니다. 배달원은 주문받았던 남자의 목소리와 똑같았다. 미처 주문을 취소하지 못했던지라 잠자코 음식을 받았다. 철가방에서 음식을 꺼내던 배달원이 내 어깨 너머를 힐끗 보며 물었다. 특별한 날이라고 하시더니 이걸 혼자 다 드시게요? 한눈에도 불어 보이는 짜장면을 보며 내가 말을 돌렸다. 오늘 날씨가 어때요? 날씨는 왜 물어보냐고 배달원이 되물었다. 갑자기 그에게 근사한 대답을 해주고 싶어졌다. 고민하다가 오래전에 읽었던 소설 제목이 떠올랐다. 왜냐면 오늘 죽기로 결심했으니까요. 그에 배달원이 손뼉을 쳤다. 언젠가 내 대답과 비슷한 제목의 소설책을 본 적이 있다고 했다. 내가 눈을 가늘게 뜨자 그가 어깨를 으쓱였다. 이래 봬도 왕년에 문학청년이었다고요. 이번엔 그가 눈을 가늘게 떴다. 스물다섯 살이죠? 소설 속 여주인공의 나이가 스물다섯이었다. 나는 대답 없이 어깨를 으쓱해 보였다. 그는 짜장면을 비벼주겠다며 그릇을 싼 랩을 뜯어냈다. 그런데 왜 죽기로 결심했는데요?

나는 아주 어렸을 적부터 누군가 죽을 때마다 배꼽이 간지러웠다. 툭 튀어나온 참외 배꼽 주위로 수십 개의 손가락이 우글거리는 듯했고, 아무리 애를 써도 웃음을 참기가 어려웠다. 깔깔깔! 하고 웃을 때도 있었고, 입꼬리가 바짝 올라간 큼지막한 미소를 지을 때도 있었다. 이 버릇 때문에 많은 사람이 떠났다. 근무하던 회사도 그만둬야만 했다. 직장 동료의 모친상을 알리는 문자메시지를 보고 웃어버렸던 것이다. 깔깔깔! 하필 옆에 있었던 상사가 어이없어했다. 자네는 이게 우습나? 나에 대한 소문은 빠르게 퍼졌다. 그러면서 직장 내의 은근한 따돌림이 노골적으로 변하자 자의 반, 타의 반으로 회사를 나오게 되었다.

M은 내게 유일하게 남은 친구였다. 너 진짜 재미있는 애구나. 그녀는 나의 고민을 농담처럼 받아들여줬다. 그 점이 좋았었다. 이런 사람이라면 오래도록 내 곁에 남아줄 수도 있겠지. 그러나 M 역시 다른 사람들과 같았다. 농담과도 같았던 남의 일이 내 일로 다가오면 쉽게 웃을 수 없는 법이니까.

그러니 죽어야 하지 않겠어요? 어느덧 배달원과 나는 마주 보고 앉아서 짜장면을 한 그릇씩 차지해 먹고 있었다. 배달원은 마지막 남은 단무지를 씹으며 대답했다. 웃을 수도 있죠, 뭐. 이어서 사장인 자신이 주문도 받고, 요리도 하고, 배달까지 하게 된 사연을 늘어놓았다. 원래 주문을 받던 종업원은 배달원의 큰아들이었다. 큰아들은 술 취한 손님이 밀치는 바람에 식탁에 머리를 세게 부딪쳐 죽었다. 겁이 난 배달원은 형의 뒤를 이어서 종업원이 되겠다던 둘째 아들을 말렸다. 주문은 내가 받을 테니 너는 배달이나 해라. 그러나 둘째 아들은 오토바이를 타고 배달하던 와중에 중학생 폭주족들과 시비가 붙어 사고를 당했다. 죽지는 않았지만 아직도 깨어나지 못했다. 이러다 전부 끝장나버리면 어떡하지? 무서워진 그는 요리사에게 3개월 치 월급을 주며 떠나보냈다. 사람 인생 끝나는 게 얼마나 쉬운 일이던지, 나중엔 웃음만 나오더라고요. 말과 달리 배달원은 코를 크게 훌쩍였다. 미안해요, 양파가 매워서요. 하지만 그는 짜장면을 먹는 내내 양파에는 손대지 않았었다. 나는 그가 민망해지지 않도록 남아 있는 양파 조각을 모두 먹어치워버렸다.

짜장면과 탕수육을 남김없이 먹고 나서야 배달원이 자리에서 일어났다. 음식값을 물었지만 그가 고개를 저었다. 곧 죽을 사람에게 돈 받으면 찝찝해서 못 살아요. 그는 우리 집을 나서기 전에 조언 아닌 조언도 남겼다. 먹고 죽은 귀신이 때깔도 좋대요. 부디 많이 먹어둬요, 이왕이면 때깔 좋은 귀신이 더 좋지 않겠어요? 일리 있는 말이라 그러겠다고 했다.


어머니와 아버지는 내가 태어나자마자 이혼을 했다. 나를 임신했다는 소식을 들었던 날은 치매를 앓았던 외할머니가 가출했던 날이기도 했다. 몇 년 동안 기다려왔던 소식을 들은 어머니가 병원 공중전화로 아버지에게 전화를 걸었다. 전화가 연결되자마자 두 목소리가 한꺼번에 터져 나왔다. 경사야! 큰일 났어! 두 사람은 서로의 말을 알아듣지 못했다. 그래서 다시 소리쳤다. 경사라고! 큰일 났다고! 자꾸만 '경사'라는 단어와 '큰일'이라는 단어가 겹쳐 정체를 알 수 없는 단어로 들려왔다. 어긋나던 대화는 아버지가 재빨리 틈을 타 말하면서 끝이 났다. 장모님 가출하셨대! 어머니가 울음을 터뜨렸다. 엄마야, 왜 그걸 이제야 말해? 곧장 끊긴 전화에 아버지가 투덜댔다. 기다리지 않고 먼저 달려든 게 누군데?

진이 빠져버린 아버지는 깜빡 낮잠이 들었다. 헐레벌떡 집에 돌아온 어머니는 낮잠을 자는 아버지의 코를 비틀었다. 지금 잠이 와? 허둥지둥 일어난 아버지가 서둘러 말을 돌렸다. 도대체 어딜 갔었어? 그제야 어머니는 잠시 잊고 있었던 임신 소식을 알렸다. 환호성을 지르기 위해 아버지가 양팔을 번쩍 들어 올렸다. 나도 이제 아빠다! 그러나 외할머니가 가출 중임을 깨닫고 슬그머니 팔을 내렸다. 이것 참, 어쩌지? 두 사람은 마냥 기뻐할 수도, 그렇다고 슬퍼할 수도 없었다.

유독 세상이 짓궂게 굴고 있다고 느껴질 때가 있다. 하필이면 어머니 배 속에서 내가 무럭무럭 자라나던 열 달이 바로 그런 때였다. 그때 몇 명이나 죽었더라? 아버지는 열 달 동안 죽었던 사람들의 숫자를 꼽아보곤 했다. 딱 열 명이구나, 한 달에 한 명꼴이네. 듣고 있던 나는 아버지의 말이 한껏 과장된 기억이기를 바랐다. 말도 안 돼, 거짓말이죠? 하지만 아버지는 쓸데없이 단호했다. 그딴 재미없는 거짓말을 왜 하냐?

죽었던 열 명은 모두 친인척이었다. 그중 반의 죽음은 이렇게 설명되었다. 그래, 그럴 때도 되었지. 나머지 반의 죽음은 달랐다. 쯧쯧, 아깝게 되었네. 어머니는 배가 불러오는 가운데, 열 번의 장례식장에 꼬박꼬박 참석했었다. 임신 6개월 땐 시아버지의 장례를 치렀다. 손수건으로 연신 눈물을 찍어내던 어머니는 별안간 걱정되었다. 이러다 애가 울상으로 태어나면 어떡하지? 딸이든 아들이든 우는 얼굴로 태어날까 봐 염려되었지만, 알고 지냈던 사람들의 죽음 앞에서 울지 않을 수 없었다. 주변 눈치도 있었고 무엇보다 어머니 자신이 눈물이 많았기 때문이다. 별수 없이 그녀는 부의를 들을 때마다 남들 몰래 자신의 배꼽 주변을 손가락으로 간질여댔다. 깔깔깔! 눈물만큼 웃음도 많았던 어머니가 숨을 죽여 웃었다. 그녀는 자신의 웃음이 탯줄을 타고 배 속의 내게로 전해지길 바랐다. 신통하게도 그때마다 나는 응답이라도 하듯이 어머니의 배를 찼다고 했다. 훗날 나는 따져 물었다. 그럼 이 버릇은 다 어머니 때문이었군요? 그러나 어머니는 울상이 아닌 걸 다행으로 알라며 말을 잘랐다.

외할머니는 내가 태어나던 날에 바닷가 근처에서 죽은 채로 발견되었다. 그날 어머니는 출산예정일이 지났는데도 기미가 없어서 병원에 입원해 있었다. 그러다 외할머니 소식을 들었다. 아이고, 우리 엄마! 동시에 기다리던 양수가 터졌다. 어머니는 진통 내내 외할머니를 부르다가 나를 낳았다. 간호사가 내 등을 두드리는 걸 보면서 어머니는 울었다. 우리 엄마, 혼자서 얼마나 무서웠을까? 그러던 그녀가 울음을 멈췄던 것은 나 때문이었다. 희한하게도 나는 이물질을 토하자마자 여느 아기들처럼 울지 않고 웃었던 것이다. 지금 아기가 웃는 거예요? 어머니의 물음에 간호사가 고개를 갸웃거렸다. 그리고 나를 어머니에게 안겨줬다. 어이고, 속없는 것! 어머니는 나를 끌어안으며 그렇게 말했지만, 정말 속이 없었던 건 곁에선 아버지였다. 이제는 웃을 일만 남았어, 그렇지?

하지만 열 번의 장례를 치르면서 아버지와 어머니는 너무 지쳐버렸다. 부부에겐 지난 열 달이 십 년처럼 아득하게 느껴졌다. 두 사람은 아기를 키우며 살아갈 기력과 자신이 남아 있지 않게 되었다. 이것 참, 어쩌지? 그들은 이마를 맞대고 고민하다가 끝내 이혼을 결정했다.

낡은 중고차는 속도를 낼 때마다 이상한 소리를 냈다. 함께 죽기에 안성맞춤이네. 면허를 따고 나서 처음으로 해보는 운전은 생각보다 재미있었다. 평소에 부지런히 해둘걸. 동네 속옷 가게가 보여 그 앞에 주차를 했다. 가게로 들어서자 점원이 나를 위아래로 훑어보더니 자신 있게 외쳤다. 브라는 75A, 팬티는 85! 정확한 눈썰미에 나도 모르게 박수를 쳤다. 짝짝짝. 대단해요! 브라랑 팬티 팔아서 먹고산 지가 20년이 넘어간다던 그녀에게 가장 비싼 속옷을 달라고 했다. 점원이 눈을 찡긋해 보였다. 아하, 남자친구? 나도 눈을 찡긋해 보였다. 구조대원을 위해서 준비하려고요. 점원은 내 말을 남자친구의 직업으로 알아들었다. 그녀가 포장해준 속옷 세트를 들고 가게를 나서자 등 뒤에서 들뜬 목소리가 들려왔다. 즐거운 시간 보내요! 차 안으로 들어와 속옷 포장을 뜯었다. 레이스가 달린 주홍색 속옷 세트. 세련되지 않은 디자인에 후회가 되었다. 그냥 원래 있던 것들 중 깨끗한 걸로 골라 입을걸.

어떤 방법으로 죽는 게 좋을까? 배달원을 배웅하고 나서 인터넷을 켰다. 자살을 할 수 있는 방법은 여러 가지였다. 나는 검색창에 문장을 쳤다. '아프지 않고 쉽게 죽을 수 있는 방법은 뭐가 있나요?' 2009년에 나와 똑같은 질문을 한 사람의 글을 발견했다. 그 글에 달린 댓글은 2년 후인 2011년도에 작성되었다. '이 멍청아, 그런 게 어디 있냐?' 검색을 하다가 우연히 시 한 구절도 읽게 되었다. '죽고 난 뒤에 팬티가 깨끗한지 아닌지에 왜 신경이 쓰이는지.' 새삼 죽고 난 뒤의 팬티가 중요하게 다가왔다. 이건 죽어도 신경 쓰일 거야. 반드시 새로 산 속옷을 입고 죽어야겠다고 결심했다. 자살의 연관 검색어를 보다가 '하직'이란 단어가 있어서 국어사전으로 의미를 찾아봤다. 먼 길을 떠날 때 웃어른께 작별을 고하는 것. 예의바르게 자살을 하는 것도 괜찮을 것 같았다. 그래서 중고차를 헐값에 구입했다. 고향에 가봐야겠어. 그곳엔 아직 나를 기억하고 있는 이들이 살아 있을지도 모른다. 지금 출발하면 오늘이 가기 전엔 그들에게 인사를 한 뒤 죽을 수 있을 것이다.

목을 매는 방법과 차를 몰고 바다로 돌진하는 방법 중에 후자를 선택한 이유는 M 때문이었다. 이 주일 전과 같은 일을 두 번이나 겪게 할 순 없었다. 그날은 M의 생일이었다. M과 그녀의 남자친구와 나는 파티하기로 했었다. 그런데 약속 시간이 지나도 M의 남자친구는 오지 않았다. 나와 M이 번갈아 가며 전화를 걸었지만 받질 않았다. 아무래도 나가봐야겠다며 옷을 입는 M에게 전화가 왔다. 경찰서였다. M의 남자친구는 유서도 없이 목을 맸다고 했다. 전화를 끊고 난 M이 얼이 빠진 채 내게 말했다. 죽어버렸대. 나는 그녀를 힘껏 안아주고 싶었다. 그러나 어김없이 웃고 말았다. 언제나처럼. 깔깔깔! M은 평소처럼 농담으로 넘기지 못했다. 너, 이런 게 우습니? 믿을 수 없다는 표정을 지은 채 나에게 묻는 그녀에게 이렇게 대답하고 싶었다. 아니야, 우습지 않다는 걸 너도 잘 알잖아. 하지만 아무 말도 하지 못했던 것은 어떤 말도 소용이 없다는 사실을 잘 알고 있었기 때문이었다.

주홍색 속옷 세트를 조수석에 던져뒀다. 여기서 머뭇거릴 시간이 없다. 모든 것은 오늘이 지나기 전에 끝나야만 하니까. 지금부터 부지런히 달리면 늦은 오후에는 고향에 도착할 수 있겠지. 중고차는 요란한 소리를 내면서 동네를 벗어나기 위해 국도로 나아갔다.


나는 '커트 리'를 친아버지로 여기고 자랐었다. 그는 어머니의 첫 번째 재혼 상대이자 두 번째 남편이었다. 내게는 두 번째 아버지였다. 아무리 세월이 지나도 어머니는 커트 리를 '자기'라고 불렀다. 자기는 늘 널 친자식처럼 아껴줬어. 잘 다듬어진 영화배우처럼 생겼던 커트 리가 수많은 여자 중에 자신을 택해줬던 것이 그녀의 인생에서 가장 특별했던 일이라고 입버릇처럼 말하곤 했다. 하지만 내가 기억하고 있는 '커트 리'는 어머니가 기억하고 있는 '자기'와 거리가 있었다. 그 자식은 천하의 멍청이였어요. 보기 좋은 외모만큼 그가 가지고 있던 꿈은 남달랐었다. 남다른 꿈을 가졌으면서도 정작 하는 일은 아무것도 없이 인생을 허비하곤 했다.

그는 스스로를 '커트 리'라고 불렀다. 당시 유명했던 그룹 너바나의 커트 코베인에서 따온 별명이었다. 커트 리는 날마다 기타를 치다가 울면서 담배를 피워댔다. 아, 세상이 나를 너무 몰라줘. 어머니는 울고 있는 그에게 종종 가슴을 물려줬다. 착하다, 우리 자기. 동네에서는 어머니가 자식만 둘을 키운다며 수군댔었다. 그러던 어느 날, 친구들과 놀다 집으로 돌아온 나는 바닥에 쓰러져 울고 있는 커트 리를 발견했다. 그는 땅을 치며 통곡했다. 어떻게 이런 끔찍한 일이 일어날 수가 있어! 그의 영웅이었던 커트 코베인이 죽었다고 했다. 그의 말을 듣고 나는 여지없이 웃음을 터뜨렸다. 깔깔! 그러자 커트 리가 펄쩍펄쩍 뛰며 내 뺨을 때렸다. 이런 괴물, 그게 우습냐? 내 씨가 아니라서 망정이지! 그렇게 내 출생의 비밀은 시시하게 밝혀졌다.

어머니는 친아버지에게로 나를 잠시 보냈다. 내 얼굴만 보면 미치려고 했던 커트 리를 안정시키기 위해선 어쩔 수가 없었다. 아버지는 난생처음으로 만난 딸보다도 커트 리에게만 관심을 가졌었다. 어떤 놈팡이든? 커트 리에게 쌓였던 것이 많았던 터라 나는 신이 나서 흉을 봤다. 그렇게 멍청한 녀석은 세상 어디에도 없을걸요? 기껏 대답해주었는데 아버지의 태도가 돌변했다. 어른을 그런 식으로 욕하면 못써. 그제야 나는 아버지가 굉장히 치사한 사람임을 알았다.

아버지의 재혼 상대를 나는 바나나 어머니라고 부르곤 했다. 아주 다정한 사람이었지만 그때는 그녀를 싫어했었다. 동네 아이들이 원숭이 흉내를 내거나 바나나를 까먹는 시늉을 하면서 놀렸기 때문이었다. 끼끼끼, 너는 원숭이 여자랑 살지! 하루는 바나나 어머니가 시장에서 산 필리핀 바나나를 간식으로 줬던 적이 있었다. 맛있어, 많이많이 먹어. 나는 그녀 앞에서 바나나를 발로 밟으며 소리쳤다. 끼끼끼! 그 벌로 아버지는 바나나를 세 송이 사서 무릎을 꿇고 앉은 나의 앞에 늘어놓았다. 먹어라, 다 먹지 않으면 매를 들겠다. 오기가 났던 나는 기어코 그 바나나들을 물 한 잔 없이 꾸역꾸역 삼켰다. 급체를 해서 응급실에 실려 가는 나의 곁을 지킨 건, 아버지가 아니라 바나나 어머니였다. 그녀는 침대 위에 누워 끅끅대며 우는 나의 가슴을 토닥여줬다. 죽어, 죽어. 사실 그녀가 말하고 싶었던 것은 죽지 마, 죽지 마였다. 서툰 한국말 속에 담긴 그녀의 진심을 알고 있었지만, 나는 어머니에게 전화를 걸어 그 진심을 쏙 빼놓은 채 일러바쳤다.

다음 날 어머니가 한걸음에 달려왔다. 그녀의 곁에는 커트리가 아닌 세 번째 아버지가 서 있었다. 내가 커트 리는 어떻게 되었냐고 묻자 어머니는 몸서리쳤다. 자아인지 뭔지를 찾으러 세계 여행을 떠나야겠다고 하더라. 그녀는 다 커트 코베인 때문이라며 투덜댔다. 망할 놈이 왜 그렇게 일찍 죽어서는! 내 입술 사이로 풋! 하는 웃음소리가 새어 나왔다. 나는 얼른 세 번째 아버지의 눈치를 살폈다. 그러나 그는 마냥 웃어 보일 뿐이었다.

나는 다시 어머니와 살게 되었다. 세 번째 아버지의 가족은 아흔 살이 넘은 증조할머니만이 전부였다. 쪼글쪼글했던 증조할머니가 신기해서 가끔 손가락으로 그녀의 팔을 쿡 찔러보곤 했다. 그러면 증조할머니는 화들짝 놀라는 바람에 반쯤 빠져나온 틀니를 집어넣곤 했다. 아이고, 난 또 저승사잔 줄 알았네! 그녀의 소원은 세계에서 가장 장수한 사람으로 기네스북에 등재되는 것이었다. 얼마나 멋진 업적이니? 하루 종일 그녀가 하는 일은 저승사자가 자신을 데리러 오는지를 감시하는 것이었다. 오면 두들겨 패서 내쫓아야지. 앙상한 주먹을 불끈 쥐는 증조할머니를 위해 세 번째 아버지가 지팡이를 마련해줬다. 올 거 같으면 이걸로 패버리세요. 도리어 증조할머니가 다칠까 봐 어머니가 걱정했다. 하지만 세 번째 아버지는 손을 내저었다. 지금까지 그렇게 사셨는데, 뭐. 그는 일찍 죽은 부모를 대신하여 그를 돌봐줬던 증조할머니를 사랑했다.

공동묘지 관리인이었던 세 번째 아버지는 야근을 할 때마다 나를 데리고 갔다. 어른이라도 한밤중 묘지는 무섭지만, 나와 함께라면 괜찮다고 했다. 너는 죽음 앞에서도 웃을 수 있는 애니까. 나는 훔쳐 갈 것이 없어 보이는 무덤들을 지키는 이유가 궁금했다. 세 번째 아버지는 음산한 목소리로 설명해줬다. 사람들은 우리가 감히 상상하지 못했던 것들도 훔치곤 하거든. 그는 밤새 무덤 주변을 돌아다니면서 잡초들을 뽑았다. 그러면서 무덤 하나하나마다 담긴 사연들을 이야기해줬다. 죽음에 대한 다양한 이야기를 들으면서 나는 즐겁게 웃다가도 급하게 눈치를 살폈다. 그러나 그는 상관하지 않았다. 한 번은 그에게 물은 적이 있었다. 이런 내가 무섭지 않아요? 잡초를 세게 뽑는 바람에 망가져 버린 무덤 위로 흙을 덮으며 그가 말했다. 단지 웃을 뿐이잖아? 그는 누구나 꼭 울어야 하는 법은 없다는 말도 덧붙이면서, 흙이 묻은 손으로 내 머리를 쓰다듬어줬다.

다들 살아 있으려나. 나는 운전을 하며 내가 기억하는 고향집 주소가 정확한지보다는 다들 죽진 않았는지가 더 걱정되었다. 나를 낳아준 아버지의 경우, 몇 년 전 심장마비를 일으켰다. 바나나 어머니의 무릎을 베고 잠을 자고 있던 도중에 벌어진 일이었다. 남편의 갑작스러운 죽음에 놀란 바나나 어머니는 황급히 재산을 정리해 자기 나라로 돌아가버렸다. 아버지 소식을 알려주었던 고모가 하소연했다. 어쩜 너무하지 않니? 나는 내게 늘 다정하고 지극했던 바나나 어머니를 떠올렸다. 그녀가 자신의 집으로 돌아가서 기뻐요, 라고 말하고 싶었지만 그러지는 못했다.

고향 톨게이트를 지나고 얼마 되지 않아 오래된 휴게소가 보였다. 오전에 먹은 짜장면이 짰던 모양인지 갈증이 나서 잠시 들르기로 했다. 차에서 내리고 보니, 주차장 한 귀퉁이에 누렇게 묵은 천막이 있는 것을 발견했다. 천막 아래에선 몇몇 사람들이 무언가를 소리 내어 읽고 있었다. 그 옆을 지나치는데, 귀에 익은 목소리가 들려왔다. 아, 세상은 왜 이렇게 나를 몰라주는지! 들려오는 문장 역시 낯설지 않았다. 나는 몸을 숙여 천막 안을 들여다봤다.

커트 리는 천 같은 것을 몸에 두른 채 두 눈을 지그시 감고 서 있었다. 그의 앞에는 바닥에 돗자리를 깔고 앉은 노인들이 두 손을 모으며 몸을 앞뒤로 흔들고 있었다. 커트 리는 눈을 뜨더니 사람들 사이로 성큼성큼 다가갔다. 그리고 자신의 얼굴을 불쑥 들이밀었다. 난 여러분들의 눈을 통해 영혼을 볼 수 있습니다. 차례차례 얼굴을 들이밀던 그가 이내 천막의 입구 쪽에 서 있는 내게로 다가왔다. 바로 이렇게 상처받은 영혼을 말입니다! 나는 그에게 활짝 웃어 보였다. 살아 있었네요? 그는 바짝 움츠려져서 되물었다. 누구세요? 그러다 아하! 하고 감탄하며 양손을 내 어깨 위에 올렸다.

그와 나는 휴게소 슈퍼마켓 옆에 있는 파라솔에 앉았다. 그는 입고 있는 옷만큼이나 치렁치렁한 머리카락을 넘기면서 담뱃갑을 내밀었다. 한 대 필래? 나는 별말 없이 담배 한 대를 꺼내서 입에 물었다. 죽기 전에 담배 한 대를 피워보는 것도 나쁘지 않을 것 같았다. 생각보다 연기는 쉽게 빨아졌다. 나는 거드름을 피우면서 담배를 피웠다. 그 모습을 빤히 지켜보던 커트 리가 피식 웃었다. 너 담배 처음 피지? 우리는 마주 본 채 웃음을 터뜨렸다.

커트 리는 중후한 영화배우의 얼굴을 하고 있었다. 나이가 들었어도 여전하시네요? 내가 말하자 그는 자신의 얼굴이 먹고사는 비결이라고 말했다. 이런 얼굴을 하면 믿고 따라주는 사람이 많은 법이거든. 그는 자아를 찾아 세계 여행을 떠났다가 인도에서 깨달음을 얻고 돌아왔다고 했다. 어째서 깨달음을 얻었다는 사람들은 인도를 들먹거리는 걸까. 여행을 마치고 고향으로 돌아온 그는 전국을 떠돌면서 설교를 하고 다닌다고도 했다. 설교가 아니라 선교겠죠. 비슷해 보여도 의미가 다르다고 지적하자 그가 연기를 내 쪽으로 뿜었다. 너 여전히 재수 없구나. 나는 사정없이 고개를 저었다. 그건 마찬가지거든요? 평생을 알고 지내도 결코 가까워질 수 없는 사람이 있다. 내겐 분명 커트 리가 그런 사람이다.

담배 한 대를 피우고 나서 다시 차에 올라탔다. 운전석 쪽 열린 창문을 통해 나를 보던 커트 리가 뒤늦게 물었다. 그런데 여긴 왜 온 거냐? 나는 죽기로 한 결심과 그 이유를 간단히 밝혔다. 묵묵히 듣고만 있던 그가 볼을 긁적였다. 그때는 미안했어, 하지만 커트 코베인이 죽은 건 내 인생에서 가장 끔찍했던 일이었으니까. 그를 물끄러미 보다가 말했다. 내게 누군가의 죽음은 끔찍한 일이 아니에요, 그저 우스운 일일 뿐이죠. 커트 리가 담배를 또 한 대 물었다. 하지만 너의 죽음은 또 어떤 누군가에게 끔찍한 일이 되겠지.

커트 리는 그의 시야에서 내 차가 완전히 사라질 때까지 손을 흔들어줬다.

저마다 인생에서 절대로 잃고 싶지 않은 한 가지는 있을 것이다. 내게는 세 번째 아버지가 그 하나였다. 누군가가 죽었을 때 웃는 나를 무섭지 않다고 해줬던 최초이자 마지막 사람. 그래서 나는 완벽한 딸이 되고 싶었다. 무엇이든지 열심히 했다. 덕분에 반에서 상을 가장 많이 타는 학생이 되었다. 시상식 땐 항상 그를 초대했다. 이 모든 영광을 나의 유일한 아버지에게로 돌립니다! 그렇게 수상소감을 말하고 나면 그는 자리에서 벌떡 일어나 기립박수를 쳐줬다. 그의 박수는 주변 사람들이 일어날 때까지 계속되었다. 그때마다 나는 기도를 하곤 했다. 제발, 이 순간이 영원했으면. 그렇게만 된다면 마냥 비웃음거리로 여겨질 것만 같은 내 삶도 그럭저럭 견뎌나갈 수 있을 것 같았다.

눈에 띄게 어머니와 세 번째 아버지의 다툼이 잦아진 때는 내가 중학생이 되고나서부터였다. 아직도 두 사람이 그렇게 자주 싸웠던 이유를 모르겠다. 부부간의 일은 부부만이 안다고들 하니까. 안방에서부터 들려오는 두 사람의 목소리가 높아질수록, 나는 불안했다. 저러다 헤어져버리면 어떡하지? 잠들지 못하고 뒤척이면 증조할머니가 투덜댔다. 아, 겨우 잠들었었는데. 그녀는 나와 같은 방을 썼다. 딱 백 살이 된 증조할머니는 동네에서 제일 나이가 많았다. 동네 이장은 증조할머니를 마을의 자랑거리로 소문내고 다녔다. 우리 마을이 국내 최고의 장수마을이지! 놀랍게도 전국 각지에서 사람들이 찾아들었다. 오래 사는 거보다 좋은 거 있음 나와보라고 해! 이장은 몰려든 타지 사람들에게 각종 채소와 심지어는 동네 개울의 물까지 퍼서 팔아댔다.

태평하게 드르렁거리며 잠을 자고 있는 증조할머니를 바라보다 좋은 생각이 떠올랐다. 당시 나는 세계 가정의 날을 기념하여 개최될 학교 대회 때문에 골머리를 앓던 참이었다. 각 반의 대표가 학교로 가족 중 한 사람을 데리고 와서 소개한 뒤 이야기를 발표하는 대회였다. 우리 반 담임은 항상 일등만 하던 나를 대표로 추천했다. 일등이면 큰 트로피를 준대. 몇 날을 궁리하던 나는 그 행사에 증조할머니를 데려가기로 마음먹었다. 어머니나 세 번째 아버지에게 부탁하기에는 분위기가 좋지 않았다. 게다가 백 살이 된 증조할머니라니. 이보다 더 훌륭한 이야기는 없을 거였다.

대회 당일, 새벽에 일어난 나는 살금살금 학교 갈 준비를 했다. 어머니와 세 번째 아버지가 알게 되면 반대할 것 같아서, 몰래 집을 빠져나가야 했다. 나는 대문 옆에 놓인 구루마를 끌어다 방문 앞에 세워뒀다. 구루마는 세 번째 아버지가 묘지 관리를 할 때 쓰는 것이었다. 거동이 불편한 증조할머니를 걷게 할 수도 그렇다고 내가 업을 수도 없어서 생각해낸 방법이었다.

준비를 마치고 방으로 들어간 나는 조심스럽게 증조할머니를 깨웠다. 할머니, 일어나요. 갈 데가 있어요. 증조할머니가 눈도 못 뜬 채 벌떡 일어났다. 나를 저승사자로 생각했는지 곁에 놓여 있던 지팡이를 들고 휘두르며 소리쳤다. 이놈아, 드디어 데리러 온 거냐? 죽어도 못 간다! 나는 빠르게 머리를 굴렸다. 전 천사예요, 잠깐 세상 구경 좀 시켜 드릴게요. 그에 증조할머니는 안심했다. 암, 천사면 괜찮아. 겨우 그녀를 부축해 구루마에 태웠다. 춥지 않도록 담요도 둘러줬다. 이른 시간부터 서둘렀지만 아침이 찾아들기 시작할 때야 집을 나설 수가 있었다.

행사가 열리는 강당엔 사람들로 북적였다. 구루마에 증조할머니를 태운 나를 보고 여기저기서 쑥덕댔다. 하지만 나는 의기양양했다. 증조할머니는 줄곧 졸기만 했다. 내가 발표하기 바로 전은 11남매를 둔 남학생의 순서였다. 형제가 많아서 행복합니다! 남학생과 11남매가 우르르 무대 위에서 내려온 뒤, 드디어 내 차례가 되었다. 무대 중앙으로 구루마를 끌고 나와 발표를 시작한 나의 첫 마디는 이랬다. 증조할머니의 소원은 세계에서 가장 장수한 사람으로 등재되는 것입니다. 마지막 문장을 말할 땐 두 손을 가지런히 모았다. 저는 증조할머니가 기네스북에 이렇게 기록되길 바랍니다. 세계에서 가장 장수한 사람이자 가장 행복한 사람으로도 말이에요! 그날은 세 번째 아버지 없이도 기립박수를 받을 수 있었다.

나는 일등을 차지해서 커다란 트로피를 받았다. 그 트로피는 증조할머니에게 줬다. 앞으론 지팡이 대신 이걸 쓰세요. 그녀는 반짝거리는 트로피를 무척 마음에 들어 했다. 아이, 예쁘다. 집으로 돌아가는 발걸음은 가벼웠다. 제법 무게가 나가는 구루마를 끌면서도 힘이 들지 않았다. 중간중간 증조할머니에게 묻기도 했다. 모두들 좋아하겠죠? 증조할머니에게선 대답이 없었지만, 나는 계속 종알댔다. 아버지 없이도 기립박수를 받은 것도 말해야지!

집 대문 앞에 도착해서 초인종을 누르려던 순간, 증조할머니의 품에서 트로피가 힘없이 떨어졌다. 땅바닥을 데굴데굴 구르던 트로피는 내 발 근처에서 멈췄다. 이상하고 불안한 느낌이 들어 구루마 앞쪽으로 달려갔다. 증조할머니의 몸이 푹 고꾸라져 있었다. 나는 재빨리 그녀의 몸을 세워 코끝에 손가락을 대봤다. 잠깐 잠이 든 거라고, 그런 거라고 믿고 싶었다. 그러나 증조할머니는 숨을 쉬지 않았다.

어떻게 해야 할지 몰라서 당황하던 중에 어김없이 배꼽

이 간질거렸다. 닥쳐, 닥치란 말이야! 나는 주먹으로 사정없이 배를 때렸다. 퍽퍽퍽퍽퍽! 하지만 역시나 웃음이 났다. 깔깔깔깔깔! 대문 안쪽에서 내 웃음소리를 들은 세 번째 아버지의 목소리가 들려왔다. 다녀왔구나? 아, 혹시 너가 내 구루마를 가지고 갔었니? 대문이 열리려고 했다. 세 번째 아버지 곁에는 어머니도 있었다. 그러고 보니 종일 할머님이 보이질 않네요? 열리려는 대문과 구루마 위에 늘어져 있는 증조할머니를 번갈아 보던 나는 이윽고 몸을 돌렸다. 그리고 무작정 달리기 시작했다. 세 번째 아버지는 나를 용서하지 않을 거야. 세상에 그보다 더 무서운 건 없을 거라고 생각하면서 달리고 또 달렸다. 그 와중에도 웃음은 이어졌다.

나는 그렇게 아버지 집으로 향했다. 그리고 다시는 어머니와 세 번째 아버지의 집으로 돌아가지 않았다.


세 번째 아버지와 어머니의 집에 도착했을 땐 날이 저물고 있었다. 밤이 오기 전에 서둘러야 했다. 너무 어두워지면 부두와 바다 사이의 간격을 파악하지 못해 차가 어중간하게 걸쳐질 수 있다고 들었다. 한 번에 죽지 못하면 다음번엔 죽을 용기를 내지 못할 것 같았다. 그렇게 되면 또 다시 누구도 나를 이해하지 못하는 막막한 삶 속으로 돌아가야 된다. 그건 싫어. 나는 중얼거리면서 차에서 내렸다.

집은 버려져 있는 느낌이 들지 않았다. 화단이 정돈되어 있었고, 집 옆에 자리 잡은 텃밭엔 옥수수가 자라고 있었다. 지금 여기에서 사는 건 누구일까. 혹시 세 번째 아버지일까. 녹이 슨 대문이 열려 있었다. 안으로 들어가자마자 먼저 눈에 들어온 건 구루마였다. 이게 아직도 있었다니! 구루마를 보자 코끝이 찡해졌다. 아버지 집으로 돌아간 뒤로부터는 이 집의 소식을 듣지 못했다. 내가 급작스럽게 들이닥쳤을 당시, 아버지는 별로 놀란 기색 없이 한마디 했다. 전화기를 내밀며 너 바꿔달란다, 라고 말했지만 나는 고개를 저었다. 그 뒤로도 나를 찾는 전화가 이어졌지만 절대 받지 않았다. 어느 순간부터 전화는 더 이상 오지 않았고, 나는 성인이 될 때까지 아버지와 바나나 어머니와 살았었다. 그러다 독립을 했고, 몇 년 전 어머니의 부고를 전해 들었지만 장례식에는 가지 않았었다. 세 번째 아버지와 마주할 자신도, 어머니의 죽음을 기리는 곳에서 웃지 않을 자신도 없었기 때문이었다.

구루마를 어루만지며 증조할머니를 떠올렸다. 죄송해요. 제가 나빴어요. 얼굴 위로 나타난 웃음을 지우기 위해 입술에 힘을 줬지만 소용이 없었다. 당신 누구야? 갑자기 새침한 목소리가 묻자 뒤를 돌아봤다. 그곳엔 나보다 한 뼘 정도 작은 여학생이 교복을 입고 서 있었다. 이 집에서 사는 아이구나 싶었다. 허락도 받지 않고 불쑥 들어와서 미안하다고 하려는 찰나, 여학생이 손가락으로 나를 가리켰다. 나 당신이 누군지 알아요! 그러나 나는 여학생을 알지 못했다. 어디에서도 보지 못했던 얼굴이었다. 언니잖아, 당신? 여학생의 말에 고개를 끄덕였다. 그래, 나는 너보다 훨씬 언니지. 내가 어리둥절한 얼굴로 전혀 감을 잡지 못하자, 여학생이 답답해했다. 나는 언니 이야기를 많이 들었는데 언니는 내 이야기를 전혀 듣지 못했어요? 이제 답답해진 쪽은 나였다. 도대체 넌 누구니? 여학생은 나의 어머니와 세 번째 아버지의 이름을 또박또박 발음했다. 그리고 자신의 부모님이라고 했다.

나도 모르게 입이 조금 벌어졌다. 피가 반만 섞였다고는 하지만 나랑 닮은 구석이 보이지 않는데 느닷없이 동생이라니. 하기야 그 뒤로 시간이 많이 흘렀다. 내게 동생이 한두 명 정도는 있을 수 있을 거라는 생각은 왜 하지 못했던 걸까. 그렇지만 어머니와 세 번째 아버지의 자식이라니. 내가 정말로 되고 싶었던 자리에 들어서 있는 여학생이 반갑기보다는 묘하게만 느껴졌다. 아, 더는 모르겠어. 머리가 아파진 나는 처마 아래의 마루로 비틀비틀 걸어가 앉았다. 잠자코 보고 있던 여학생이 쪼르르 달려와 내 곁에 앉았다.

우리는 잠시 침묵했다. 곁에서 발을 구르며 나를 힐끔힐끔 살피던 여학생이 먼저 말을 걸어왔다. 라면 먹을 건데, 같이 먹을래요? 먹고 싶지 않다는 대답을 하려고 했다. 그러나 진작 짜장면을 소화시킨 배가 꼬르륵하고 소리를 냈다. 나는 부엌으로 향하는 여학생을 차마 바라보지 못하고 마루 위에 드러누웠다.

여학생이 끓인 라면은 끝내주게 맛있었다. 이런 라면은 오랜만에 먹어봐. 후루룩 면발을 삼키는 내게 여학생이 자랑스럽게 말했다. 아버지한테 배운 솜씨예요. 그러고 보니 어렸을 때 먹었던 세 번째 아버지의 라면 맛과 흡사했다. 왼손으로 젓가락을 쥐고 라면을 먹는 여학생의 모습에서 세 번째 아버지의 모습이 겹쳐지는 것 같았다. 나는 라면 국물을 후후 불어 마시며 물었다. 내가 언니인 줄은 어떻게 알았어? 여학생은 식은 밥을 말며 말했다. 아버지가 그랬어요, 언젠가 어떤 여자가 찾아와 구루마를 보고 웃으면 그건 제 언니라고요. 그건 너무 막연하잖아. 하지만 세 번째 아버지다운 말이라 조금 웃음이 났다.

여학생의 땀이 밴 이마를 보면서 나는 속을 털어놨다. 들었을진 모르겠지만, 증조할머니는 나 때문에 돌아가셨어, 내가 중학생 때의 일이었지. 여학생이 눈을 껌뻑였다. 증조할머닌 한 달 전에 돌아가셨는데? 내가 도망갔던 날, 증조할머니는 구루마 위에서 막 자고 일어난 사람처럼 기지개를 켜며 깨어났다고 했다. 에구, 깜빡 잠들었었네. 그녀는 내가 버리고 간 트로피를 소중히 품에 안고 자랑을 했었다. 이거 천사가 준 거야, 나 세상 구경시켜준. 여학생의 말을 듣고 나는 황당했다. 이럴 수가, 분명 숨을 쉬지 않았었는데? 여학생이 설명해줬다. 무호흡증 같은 게 있으셨어요. 그와 비슷한 일들이 반복되다가 한 달 전에는 완전히 숨이 멎어버렸다는 말도. 그럼 나는 괜히 도망갔었네? 얼이 빠진 목소리로 말을 내뱉자 여학생이 웃었다.

깨끗하게 라면 냄비를 비우고 나자 여학생은 삶은 옥수수를 바구니째 내왔다. 내가 키운 거예요. 옥수수를 씹으며 여학생은 그동안 몰랐던 소식을 전해줬다. 5년 전부터 세 번째 아버지는 아팠다고 했다. 간병을 하던 어머니마저 갑작스럽게 뇌출혈로 죽자, 그는 여학생과 그때까지도 살아남은 증조할머니를 걱정했다. 너 혼자 살아야겠구나. 방 안에 누운 채 그는 여학생에게 채소를 기르는 법과 세금과 통장을 관리하는 법, 증조할머니가 죽으면 도와줄 사람들의 연락처 등을 가르쳐줬다. 그리고 마지막으로 나에 대한 이야기를 해줬다. 네 언니니까 말이다. 그래서 여학생은 나에 대해 잘 알게 되었다고 했다. 내 배꼽에 대한 버릇까지도.

옥수수에서 달콤한 향이 났다. 입안 가득 베어 물면 스르륵 녹는 것 같았다. 문득 세 번째 아버지가 운동회 때 사줬던 솜사탕 맛이 떠올랐다. 여학생의 운동회 때도 세 번째 아버지는 솜사탕을 사줬겠지. 띠동갑이 훌쩍 넘는 나이 차이에도 질투가 났다. 그래서 혼자 살고 있니? 여학생은 증조할머니가 죽은 후로부터는 혼자서 밥을 먹고 학교에 다닌다고 했다. 괜찮니? 묻고 싶었지만 그렇지 않다는 걸 알면서도 묻는 건 아니라는 생각이 들었다. 언니는 여기 왜 왔어요? 기대감이 서려있는 여학생의 목소리였다. 혹시라도 헛된 마음을 가질지 몰라 단호하게 이야기했다. 나는 오늘 죽기로 결심했어. 왜냐고 묻는 여학생의 물음에 성실히 대답해줬다. 손가락으로 옥수수 알갱이를 뜯어내던 여학생이 퉁퉁거리며 알갱이들을 마당으로 던졌다. 고작 그런 이유로요? 나에 대해 빤히 안다는 듯이 구는 여학생의 태도에 조금 화가 났다. 고작이 아니니까 이런 결정을 한 거야. 여학생이 당황했다. 잘못했어요, 언니. 언니라는 소리가 귀에 거슬렸다. 도대체 내가 왜 너 언니니? 나 오늘 너 처음 봤어. 풀이 죽은 여학생에게 미안해졌지만 어쩔 수 없었다.

배웅을 하겠다며 여학생이 대문 밖에 나와 섰다. 여학생은 차로 돌진하기에 안성맞춤인 부두까지 가르쳐줬다. 적당한 때가 되면 신고할게요. 담담하게 말을 잇는 여학생에 기가 막혔다. 얘, 나 죽으러 가. 너무 쉽게 생각하는 거 아니니? 여학생이 똑 부러지게 대답했다. 쉽게 생각하는 건 언니 아니에요? 왠지 흐뭇해져서 운전석에서부터 손을 뻗어 여학생의 머리를 쓰다듬어줬다. 너는 훌륭한 사람이 될 거야. 나는 지갑을 뒤져 가지고 있던 현금을 몽땅 꺼냈다. 그리고 필요 없다고 하는 여학생에게 쥐어줬다.

시동을 걸고 막 출발하려고 했을 때, 여학생이 아쉬운 듯이 말했다. 조금은 기다리고 있었는데, 언니에 대한 이야기를 많이 들었었거든요. 나는 고마워, 라고 말하는 대신 혼자서도 괜찮을 거야, 라고 했다. 눈꼬리가 바짝 올라간 여학생이 쏘아붙였다. 이제껏 잘해왔거든요? 앞으로도 괜찮을 거예요! 그럴 수 있을 거라며 내가 고개를 끄덕여줬다. 그리고 차를 출발시켰다.

부두는 조용했다. 인적도 없었다. 나는 내 자신이 죽어도 웃게 될까. 저 바다에서 건져 올려졌을 때 과연 나는 웃고 있을까. 부디 나의 죽음에도 웃을 수 있는 얼굴이길 바랐다. 치사하게 남의 죽음에만 웃었던 것은 아니라는 사실을, 나를 아는 모두가 알게 되었으면 좋겠다. 아, 걘 원래 그랬구나. 그 정도의 반응만 보여도 더없이 기쁠 것 같다.

차 안에서 새로 산 속옷으로 갈아입었다. 원래 입고 있었던 속옷은 꽁꽁 싸서 가방 안에 넣었다. 오늘 죽기 전에 해야만 했던 일들을 잘 마쳤는지 확인했다. 속옷 사기. 살짝 촌스러운 게 아쉬웠어. 작별 인사하기. 커트 리만 있었네. 마지막으로 M에게 사과하기. 다른 누구보다도 M에게만은 거듭 용서를 구하고 싶었다. 나는 음성 메시지를 남겨놓아야겠다고 생각했다. 어차피 전화를 걸어도 M은 받지 않을 테니까.

가방 안을 뒤져서 휴대폰을 찾았다. 그런데 부재 중 메시지가 여러 통 있었다. M이었다. 다시는 볼 수 없을 거라고 믿었던 M이 음성메시지를 남긴 것이었다. 나는 주저하다가 메시지를 확인하기로 마음먹었다. 첫 번째 메시지. 있잖아……. 그다음은 한동안 말이 없었다. 그걸로 첫 번째 메시지가 끝났다. 두 번째 메시지. 정말로 말이야……. 이번 메시지도 마찬가지였다. 별말 없이 끝이 났다. 메시지를 차근차근 확인할 때마다 가슴이 무겁게 뛰어댔다. M은 여섯 번째 메시지에서야 제대로 된 한 문장을 완성해냈다. 너 정말로 죽어버린 건 아니지? 일곱 번째 메시지. 이미 죽어버렸으면 너, 내가 죽여버릴 거야…. 나는 피식 웃었다. 나더러 어쩌라는 걸까. 여덟 번째 메시지. 너의 진심을 이해하지 못해서 미안해…. 아홉 번째 메시지. 결국 이해할 수는, 이해해주지는, 못하겠지…. 열 번째 메시지. 하지만 너는 내 진심을 알아주길. 죽으라는 말이 어떻게 내 진심이 될 수 있겠어. 이해해? 메시지들은 거기서 끝이 났다.

나는 휴대폰을 놓고 운전대를 잡았다. 분명 진심처럼 들렸는데, 진심이 아니라고 하다니. 어느새 눈에서 눈물이 뚝뚝 떨어졌다. 어쩐지 철저하게 속아 넘어간 기분이 들었다. 그렇구나. 사실 어느 게 진심이고 어느 게 진심이 아닌지 남들은 관심이 없었다. 진심은 그때그때 바뀌어버리는 치사한 것이라는 생각이 들었다. 그렇다면 나는 고작 그런 진심 때문에, 오늘 죽기로 결심했던 것일까.

잠시 고민을 하던 나는 운전대를 힘껏 돌렸다.


대문은 여전히 열려 있었다. 여학생은 내가 간 뒤로 바로 잠이 들었을까. 집은 불이 모두 꺼진 상태였다. 주위를 두리번거리다가, 훌쩍이는 소리를 들었다. 코를 팽 하고 푸는 소리도 들렸다. 집 안에서 들려오는 소리였다. 뭐야, 혼자서도 괜찮다더니. 역시 어린애는 어린애야. 하지만 나도 코를 훌쩍이고 있었다. 날이 좀 쌀쌀한가. 멋쩍게 양팔을 감싸는 시늉을 해 보였다. 마당 구석에 놓여 있는 구루마를 향해 다가갔다. 최대한 부드럽게 앉았는데도 불구하고 구루마 바퀴가 끼긱거리며 소음을 냈다. 그러자 흐느끼는 소리가 더 커졌다.

그만 울어.

내가 말하자 집 안에서 잔뜩 경직된 목소리가 들려왔다.

누구세요?

나는 구루마에서 몸을 일으킨 뒤 마당으로 발걸음을 옮겼다.

언니야.

얼마 지나지 않아 집 안의 불이 모두 켜졌다. 창호지를 바른 방문에 여학생의 그림자가 따뜻하게 비쳤다.*

* 오규원의 詩, 「죽고 난 뒤의 팬티」의 한 구절이 인용되었음을 밝혀둔다.

마지막 서커스

누군가 물은 적이 있다. 너가 기억하는 최초의 거짓말은
뭐니? 열여섯 A가 기억하는 최초의 거짓말은 그녀가 열한 살
때 참가했던 교내 백일장 시상식에서였다. 같은 반에 A의 비
틀린 왼쪽 발목을 유난히 놀렸던 여자애가 있었다고 했다.
"그 계집애 꿈이 작가였어." 그 여자애는 열리는 백일장마다
나가서 상을 타왔다. 매년 사월 장애인의 날엔 학교에서 백일
장이 열리곤 했다. 백일장 전날 밤, 아버지는 A의 곁에 누웠
다. "내일 너처럼 쓸 수 있는 사람은 아무도 없을 거다. 명심
하렴." 백일장 당일 A는 말 그대로 이를 부득부득 갈며 글을
썼고 결국 금상을 탔다. 대표로 시상대에 선 A의 뒤에서 동상

을 탄 그 여자애가 눈물을 뚝뚝 흘렸다. A는 마이크에 대고 그녀가 썼던 글짓기의 제목을 큰 소리로 외쳤다. "괜찮아요. 나는 내가 자랑스럽습니다!" 그러나 집에 돌아오자마자 아버지의 품으로 뛰어들며 울었다. "사실은 거짓말이었어요." 그날 아버지는 A의 상장을 액자에 끼워 안방의 벽면 위쪽에 걸었다. "이제부터 이건 우리 집 가보다." 그리고 특별히 A의 접시돌리기 훈련을 빼주었다. A와는 달리 열여섯 S는 최초의 거짓말이 기억나지 않는다고 했다. "날마다 하는 게 거짓말인데, 뭘." 때마침 그녀의 뒤에는 아버지가 서 있었다. "거짓말이에요. 날마다 하지는 않는다고요." 아버지는 S의 말을 믿지 않았다. "거짓말 마라." 그러면서 그날 S의 외발자전거 타기 훈련을 배로 늘려버렸다.

말을 하지 못하는 나는 거짓말을 할 수 없었다. 한 번은 내가 A의 묘기용 접시를 몽땅 깨뜨린 적이 있었다. 시끄러운 소리에 놀란 아버지가 다가오자, 있는 힘껏 양손을 흔들어 보였다. 이건 내가 하지 않았어요, 맹세해요. 나는 스스로 아주 침착했다고 생각했지만, 볼이 터질 듯 달아올라 있었다. 당연히 아버지는 믿지 않았다. 실망한 나는 아버지의 오른쪽 손목을 끌어당겨 손바닥을 펼쳤다. 그리고 그 위에다 손가락으로 글씨를 썼다. 나도 거짓말을 할 수 있으면 좋겠어요. 그러자 아버지가 내 머리에 꿀밤을 꽁 먹이며 "거짓말이 뭐가 좋다고."라고 했다. 나는 아버지 손바닥 위에 다시 썼다. 왠지 거짓말을 하지 못하는 삶은 많이 아플 것만 같아요. 내 얼굴을 가만히 들여다보던 아버지가 말했다. "그럼 너에게 거짓말보다 더 좋은 걸 가르쳐주마." 아버지는 내게 손동작으로 할 수 있는 스물한 가지의 욕을 가르쳐줬다. 하지만 지금까지 기억하는 건, 가운뎃손가락을 최대한 곧고 길게 세워 보이는 첫 번째 동작뿐이다. 한 동작 한 동작 가르쳐주면서 아버지는 몇 번이고 당부했었다. "대신에 이건 반드시 슬플 때 써라. 화날 때가 아니야." 나는 고개를 끄덕이며 열 번째 동작을 따라 하다가 불현듯 궁금해져서 아버지의 손바닥 위에 적었다. 맨 처음으로 했던 거짓말을 기억하세요? "처음으로 했던 거짓말?" 골몰히 생각하던 아버지가 씨익 웃었다. "너희는 사실 내 자식들이 아니다." 거짓말! 아버지 손바닥 위에 거짓말이라는 단어를 적었다. 멀리서 그 말을 듣고 서 있던 S가 아버지와 나의 곁으로 달려와 소리쳤다. "그럴 줄 알았어!" S보다 가까운 곳에 있었지만, 발목 때문에 한발 늦은 A도 소리쳤다. "그럴 줄 몰랐어!" 우리는 동시에 아버지를 쳐다봤다. "그동안 속여서 미안해." 아버지가 두 손을 모아 보이며 말했다.

지금 데리러 갈게, 곧 도착해. 근 삼 년 만에 연락해온 S는 그 한마디를 마친 뒤 전화를 끊어버렸다. 나는 들고 있던 휴대폰을 식탁 위로 아무렇게나 던졌다. 삼 년 전이나 지금이나 제멋대로 구는 S가 얄미웠다. 여전히 이기적이구만. 집 밖으로 나왔더니 대문 앞에 S의 차가 주차되어 있었다. 나는 조수석 쪽으로 다가갔다. 그러자 차 창문이 내려가면서 S의 목소리가 들려왔다. "뒤에 타!" 입을 삐죽이면서 뒷좌석에 탔다. 차에 타고 보니 조수석에는 쇼핑백들이 쌓여 있었다. 내가 보고 있는 걸 눈치챈 S가 말했다. "쇼핑백 열어봐도 돼." S가 발음하는 '쇼핑백'이라는 단어를 듣자 두근거렸다. 소리를 내 말하면 더 근사할 것 같은 단어들. 희한하게 나는 그런 단어를 들을 때면 가슴이 강하게 뛰고 코끝이 시큰거렸다. 그럴 땐 손동작으로 할 수 있는 스물한 가지의 욕 중 첫 번째 동작을 했다. 그러면 이상하게도 나아졌다. 나는 쇼핑백을 나만의 단어사전에 추가했다. 그리고 시큰거리는 코를 왼손으로 문지르면서, S 몰래 오른손 가운뎃손가락을 곧게 세웠다.

쇼핑백 안에는 S의 두 번째 자서전들이 수북이 담겨 있었다. 책 표지엔 S의 사진과 함께 이런 제목이 인쇄되어 있었다. 그래도 괜찮다고 말해줘. 사진 속 S는 그녀의 두 손을 모은 채 활짝 웃고 있었다. 손가락이 없는 S의 뭉뚝한 손등은 꼭

손모아장갑을 끼워놓은 것처럼 보였다. 어째서 이런 종류의 책들은 웃는 얼굴의 사진을 표지에 담을까. "한 권 가져. 사인도 해났어." 선심을 쓰듯이 S가 말했다. 문득 며칠 전 A와 함께 마트에 갔던 일이 떠올랐다. 그 마트에서는 시도 때도 없이 나쁜 계집애란 단어가 등장하는 가사의 노래가 흘러나왔다. 노래를 들으며 묵묵히 카트를 끌던 A가 마트의 서적 판매 코너에 들렀다. 그리고 S가 이번에 낸 자서전 두 권을 계산한 뒤, 그중 한 권을 내게 안겨줬다. "저 노래를 들으니까 갑자기 이 계집애가 생각이 났어." A는 자기 몫의 책을 카트 안으로 던져버렸다. 너무 세게 던져버렸는지 책 표지가 조금 찢어져버렸지만, 개의치 않았다. "어차피 안 읽을 거니까 상관없어. 라면 냄비나 받치지 뭐." 나는 A의 집에서 냄비 받침으로 쓰일 S의 책이 머릿속에 그려져 괜히 미안해졌다.

자동차 핸들에 특수 장치를 달아 손가락 없는 손으로 운전하는 S의 모습이 신기했다. 나는 S의 어깨를 살짝 건드렸다. 그녀가 뒤돌아보자 양 주먹을 쥐고서 운전하는 동작을 흉내 내 보였다. "운전? 배운 지 꽤 되었지. 이제는 익숙해." 간단하게 대답한 S는 그 뒤론 조용히 운전만 했다. 그러고 보니 어디로 간다는 이야기도 없네. 이상하게 바라보는 내 시선을 느꼈던지 S가 백미러를 통해 나를 봤다. 나는 입 모양으로 어디 가? 라고 하면서 고개를 갸웃거렸다. 내가 원하는 대답 대신 S가 "너 아직도 수화 안 배웠니?"라고 물었다. 내가 수화하면 너가 알아먹기나 하냐? 그렇게 말하고 싶었지만, 대신에 손가락으로 오케이 표시를 만들어 보이며 벙긋거렸다. 괜찮아, 이게 편하니까. "너는 답답하지 않아도 다른 사람들은 답답할 거 같아서 그런다고." 나는 S에게 하고 싶은 말이 많아졌다. 그러나 손동작과 입 모양으로 전달하기에는 복잡했다. 그래서 S를 향해 가운뎃손가락을 들어 올려 보였다. 끼이익 하는 소리와 함께 S의 차가 급정거했다. 뒤를 돌아본 S가 "너 아직도 그런 거 해?"라며 놀랐다. 나는 웃으면서 왼손가락 두 개 오른손가락 한 개를 펴 보였다. 무려 스물한 가지의 욕을 알고 있지. 비록 지금은 딱 한 가지만 기억하지만. S가 질색하는 표정을 지었다. "그게 자랑이냐?" 나는 자랑이라고 대답하고 싶었지만 이번엔 그냥 가만히 있었다.

A는 그녀가 사는 아파트 단지 입구 앞에서 팔짱을 낀 채서 있었다. 그러다 우리가 탄 차를 발견하고선 왼쪽 발목을 질질 끌며 다가왔다. 나는 A가 탈 수 있도록 옆 좌석으로 옮겨 앉았다. 차에 탄 A는 조수석을 힐끗 보더니 물었다. "무슨 쇼핑백이 이렇게 많아?" "이번에 나온 자서전이야. 한 권 가져가도 괜찮아." S의 대답에 A가 나와 은밀히 시선을 주고받

으며 낄낄거렸다. 웃느라 초승달처럼 휘어진 A의 눈가에는 보랏빛 멍이 들어 있었다. 내 시선을 느꼈는지 A가 얼른 손으로 눈가를 가리며 S에게 또 물었다. "그래서, 우리가 어딜 가는 거라고?" "내 재킷 주머니를 뒤져봐." 나는 뒷좌석에 반듯하게 개어져 있는 S의 재킷 주머니 안으로 손을 집어넣었다. 별안간 S의 별명이 떠올랐다.

어렸을 때 S는 주머니가 달린 상의만 입으면 놀림을 당했다. 그녀의 손 모양 탓에 붙여진 도라에몽이란 별명 때문이었다. S와 같은 반 아이들은 도라에몽 주머니에서 신기한 물건을 꺼내듯이 시도 때도 없이 S의 주머니에 손을 쑤셔 넣었다. 덕분에 S의 상의 주머니는 언제나 엉망이었다. 잘 참아내던 S가 하루는 기어이 눈물을 쏟아냈다. 그러자 아버지는 S의 상의 주머니에 눈깔사탕을 채워주면서 말했다. "진짜 도라에몽처럼 해보면 어떨까." 그날부터 아이들은 S의 주머니에 손을 넣을 때마다 즐거워했다. S의 주머니에 채워지는 사탕은 매일매일 종류가 달랐다. 아이들은 기대에 차서 보물 상자를 열어보는 것처럼 조심스럽게 S의 주머니를 다루게 되었다.

S의 재킷 주머니에서 꾸깃꾸깃한 종이 한 장을 꺼냈다. 손바닥 크기의 종이엔 짧은 기사가 적혀 있었다. 서커스 유괴사건 범인, 수감 중 숨져. 내 옆에 바짝 붙어서 글을 읽던 A의

눈이 동그래졌다. "누가 죽었다고?" 답답한 표정을 지으며 S
가 설명했다. "아버지가 돌아가셨어." "뭐야, 그런데 그 일을
아직도 이렇게 불러?" S가 유턴하기 위해 핸들을 돌리며 대
꾸했다. "내가 붙인 이름이잖아. 너 내 첫 에세이집 안 읽어
봤어?" "그딴 걸 내가 왜 읽어." "내가 읽어보라고 사인까지
해서 보내줬잖아." "몰라. 그 책, 우리 애가 오줌싸놔서 버렸
어." S와 A의 언성이 점점 높아졌다. 나는 들고 있던 종이를
반으로 찢어 나눴다. 그것을 동글동글하게 구겨 양 귓속에 각
각 넣어버렸다. 바스락거리는 종이 뭉치에서 자꾸만 서커스
유괴사건이란 단어가 들려오는 것 같았다.

그러면 우리는 누구의 자식이에요? 아버지가 우리를 그의
자식이 아니라고 했을 때부터, 우리는 쉴 새 없이 출생에 대
해 질문했다. 그러나 아버지는 한 번도 제대로 대답해준 적이
없었다. 매번 이야기가 바뀌었다. 언제는 우리가 아버지의 자
식은 맞지만 각각 다른 어머니한테서 나온 배다른 자매라고
했다. "틀림없이 내 어머니가 제일 예뻤겠지." S가 그렇게 주
장할 때면 나와 A는 달려들어 서로 자신의 어머니가 더 예뻤
을 것이라고 우겼다. 우리가 자주 싸우는 모습을 보이자 아버
지는 말을 바꿨다. 하루는 어떤 마을의 쓰레기통 주변에서 S

를 찾았다고 했다. 손가락이 없는 S의 두 손을 본 아버지는 S를 집에 데리고 갔다. "아마 누구도 찾지 않을 거야." 또 다른 날엔 트럭을 몰고 가다가 다리 밑에 버려진 상자를 발견했다. A였다. A의 유난히 가는 왼쪽 발목을 본 아버지는 "아마 이 애도 찾지 않을 거야."라고 하며 A 역시 집으로 데리고 갔다. 나의 경우엔 터미널에서 마주친 한 남자 때문이었다. 어린애인 나를 아버지 손에 맡기고 화장실을 다녀오겠다던 남자는 그러나 몇 시간이 지나도록 나타나지 않았다. "너도 찾지 않겠지." 이것이 내가 아버지 집에 오게 된 이유라고 했다. 잠자코 이야기를 듣고 있던 A가 손을 번쩍 들었다. "그거 텔레비전에서 나왔던 이야기들이잖아요!" 우리는 아버지를 노려봤다. 그에 허허 웃음을 지으면서도 아버지는 단호하게 말했다. "어쨌거나 너희는 내 자식들이 아니야. 그건 확실해." 어차피 상관없었다. 나와 S와 A는 자매처럼 지냈다. 아버지도 전과 똑같이 우리를 대했다. 변한 것은 없었다.

아버지의 직업은 서커스단 광대였다. 아버지의 아버지로부터 물려받은 유일한 재주였다. 본인의 말에 의하면 그랬다. 하지만 아버지가 공연을 하러 어디론가 가는 것은 한 번도 보지 못했다. "서커스는 아무 때나 열리는 것이 아니야. 걱정마. 곧 열리게 될 거야." 훈련만 하는 것을 지겨워하는 우리에게 아버지는 그렇게만 말해줬다. 서커스단이라고 해봤자 아버지와 나와 S와 A가 단원의 전부였다. "이래 봬도 예전엔 꽤 큰 서커스단이었다. 원숭이도 있었고, 코끼리도 있었지." 아버지는 그렇게 말하곤 했지만 믿는 사람은 아무도 없었다. A가 묘기용 접시들을 닦으면서 물었다. "그 원숭이랑 코끼리는 어디로 갔는데요?" 고민하던 아버지는 어느 날 도망가버렸다고 대답했다. 그에 S가 조소하며 물었다. "어떻게 도망쳤는데요?" 아버지는 쩔쩔매면서도 절대 원숭이와 코끼리가 없었다고는 말하지 않았다. 그 대신 화난 표정의 광대로 분장한 뒤 A와 S를 배로 훈련시켜버렸다.

우리는 어느 군의 작은 마을에서 살았다. 그리고 군에서 하나뿐인 초등학교에 다녔다. 나와 S와 A는 어딜 가나 시선을 끌었다. 어쩔 수 없는 일이기도 했다. 그래서 학교가 끝나면 다른 학생들과 어울려 놀지 못하고 곧장 집으로 돌아왔다. 집에 오면 바로 훈련이 시작되었다. S는 외발자전거를 탔고, A는 접시를 돌렸다. 나는 우리 셋 중에 가장 몸이 멀쩡했지만, 재주는 가장 없었다. 놀리는 S와 A를 뒤로하고 아버지는 내게 광대 분장하는 법을 가르쳐줬다. 웃는 표정, 우는 표정, 화난 표정. 웃는 것에도 표정이 한 가지만 있는 것이 아니라 여러 종류가 있다는 사실을 그때 배웠다.

S는 고향의 집에 가자고 했다. "이제 정리할 건 해야지."
S의 말에 우리는 동의했다. 길을 가던 중, 잠시 휴게소에 들
러 밥을 먹고 가기로 했다. "빨리 다녀와야 한단 말이야. 내일
강연도 있는데." S는 휴게소를 그냥 지나치고 싶어했지만 나
와 A는 배가 고팠다. "애들 뒤치다꺼리하고 살아봐. 맨날 배
고프다, 너." 평소보다 더 발목을 질질 끌며 주차장을 가로지
르던 A가 말했다. A는 세 명의 아이들을 두고 있었다. 남자아
이 한 명과 쌍둥이 자매였다. 휴게소 식당 안에서 메뉴를 살
펴보던 S가 깜짝 놀라 물었다. "삼 년 전엔 한 명뿐이었잖아."
A가 돈가스와 우동을 시키며 자신의 배를 가리켰다. "여기에
한 명 더 있어. 기념으로 돈 많은 이모가 사는 거지?" 입을
떡 벌리는 S를 뒤로하고 A가 창가 쪽 테이블에 자리를 잡았
다. 나는 재빨리 라면 사진을 가리켰다. 혀를 차던 S가 음식
을 주문하며 지갑을 꺼냈다. 계산대의 직원은 S의 손에 끼워
진 갈고리 같은 특수 장치를 뚫어져라 바라봤다. S는 능숙하
게 지갑을 열다가 직원과 눈이 마주쳤다. 직원은 더듬거리며
미안하다고 말했다. "괜찮아요. 처음도 아닌데요, 뭘." S는 여
유롭게 웃으며 계산을 마쳤다.

평일이라 휴게소 안은 비교적 한산했다. 주문한 음식들은

내가 날랐다. S는 커피 한 잔만을 마셨다. 컵을 장치에 끼우는 S를 주변 사람들이 힐끔힐끔 쳐다봤다. 돈가스를 우물거리던 A가 음식물을 약간 튀기며 말했다. "마네킹 손 같은 거 있잖아. 그런 걸 쓰지." S는 차분하게 대답했다. "그건 물건을 집을 수 없어. 이게 편해." "보기 무섭잖아. 눈에 너무 띄기도 하고." "숨길 건 뭐 있어. 이걸로 밥 먹고 산다고." "벌면 얼마나 번다고 유세야." S의 눈초리가 매서워지더니 이내 A의 돈가스 접시 쪽으로 손을 뻗었다. 그러자 A가 필사적으로 접시를 붙잡았다. "미안해. 나 배고파. 사람 하나 만드는 데 정말 많은 힘이 든다고." S가 접시를 놓았다. A는 혹시 몰라 허겁지겁 돈가스를 입에 밀어 넣었다.

"아까부터 묻고 싶었는데 너 눈은 왜 그 모양이야?" 커피를 조금씩 마시던 S가 이번엔 우동을 먹고 있는 A에게 물었다. "내 눈이 왜?" 대수롭지 않다는 표정의 A는 우동을 먹는 데에만 열중했다. 하지만 S가 계속 쳐다보자 별수 없다는 듯 대답했다. "그이가 가끔 그래. 아주 가끔." "아직도 맞고 사냐?" "그만 좀 할래? 이런 이야기 나도 한심하고 지루해서 별로 하기 싫단 말이야." 그 말을 한 뒤 A는 우동 그릇을 들고 국물을 마셨다. S는 얼마간 A를 바라보다가 곧 시선을 돌렸다.

A는 중국집에서 아르바이트하면서 지금의 남편을 만났다.

당시 A의 남편은 주방장이었다. 설거지 일을 돕던 A는 남들이 보지 않을 땐 싱크대에 담긴 젓가락과 접시를 이용하여 접시돌리기를 했다. "아직 녹슬진 않았는걸!" 자유자재로 접시를 돌리는 A를 지켜보던 남편은, 그녀가 퇴근할 때쯤 살짝 불렀다. 그리고 따뜻한 탕수육을 포장해줬다. "아까 멋졌어요. 이건 선물이에요." 남편은 A와 결혼한 뒤에도 종종 탕수육을 포장해 왔다. 그러나 그때마다 술에 취해선 A를 때렸다. 남편의 발길질을 맞으면서도 A는 한구석에서 탕수육을 씹는 아이들에게 웃어 보였다. "아빠가 짜장면 만드는 거 연습하는 거야." 짜장면 반죽을 내리치듯 남편에게 맞고 나면 A는 아이들이 먹다 남긴 탕수육을 씹었다. "그런데 그게 이상하게 꿀맛이야." A가 내게 말하는, 남편을 떠날 수 없는 이유였다.

어느새 돈가스와 우동을 말끔히 비운 A가 물었다. "그나저나 너가 웬일이냐? 이런 생각을 다 하고." 그녀의 입가엔 소스가 잔뜩 묻어 있었다. 나는 입술을 닦는 시늉을 하며 A에게 화장지를 건넸다. S는 어처구니가 없다는 표정을 지었다. "그래도 아버지였잖아. 당연한 거 아니니?" "아버지 팔아먹은 게 누군데 그래." 끝도 없이 비꼬는 A가 마음에 들지 않았는지 S가 커피잔을 세게 테이블 위에 놓았다. "먹은 거 다 뱉어내, 이 계집애야!" 그 바람에 S의 손에 채워져 있던 장치가 벗겨져버렸다. 컵과 함께 장치는 바닥에 떨어졌다. 그것은 데굴데굴 굴러 마침 우리의 테이블 곁을 지나던 아이의 운동화 끝에서 멈췄다. 아이는 울먹거리며 S를 봤다. S는 장치가 벗겨진 자기 손을 흔들어 보이며 웃었다. "괜찮아. 별거 아니야." 아이가 S의 손을 보더니 울기 시작했고, 우리는 황급히 휴게소를 떠나야만 했다.

우리의 본격적인 서커스 공연은 우리가 중학생들에게 놀림을 받은 뒤로부터 시작되었다.

초등학교 졸업을 앞둔 어느 날, 중학생 무리가 학교를 마치고 집으로 돌아가는 우리를 내내 따라왔다. 어떤 학생은 S를 흉내 냈다. 양손 모두 주먹을 쥔 채 낑낑거리며 물건을 집어 들다가 우스꽝스럽게 놓치거나, "똥은 어떻게 닦냐?"라고 하며 자기 엉덩이를 주먹으로 문질러댔다. 또 다른 학생은 A를 흉내 냈다. 발목을 질질 바닥에 끌면서 땅바닥에 '병신'이라고 쓰거나, 킬킬대면서 장난스레 남자 성기 모양을 그렸다. 나를 흉내 내는 사람은 아무도 없었다. 아마도 내가 말을 하지 못하는 것을 알지 못했거나, 말을 하지 못하는 걸 흉내 내는 건 그다지 재미없거나 하는 이유에서였을 것이다.

도저히 참을 수 없었는지 S가 옷 주머니를 뒤졌다. 그리고 손등으로 주머니 안에 있던 사탕들을 몽땅 밀어내 떨어뜨리며 악을 썼다. "이거나 먹고 떨어져!" 중학생 무리는 땅에 떨어진 사탕들을 주웠다. 그리고 그 사탕들을 우리에게 던졌다. "너네나 처먹어!" 사탕은 생각보다 단단하고 아팠다. 부딪칠 때마다 딱딱 소리도 났다. 우리는 빨리 도망치고 싶었지만 A 때문에 그럴 수도 없었다. 할 수 없이 A의 속도에 맞춰 느리게 걸으면서 집에 도착할 때까지 사탕을 맞았다. 우리는 그제야 깨달았다. 이제 사탕만으로도 충분했던 나이가 지나갔다는 것을. 나는 슬퍼서 그들에게 욕을 해주고 싶었다. 그러나 내가 슬픈 건지 화가 나는 건지 알쏭달쏭했다. 알고 보니 슬픈 것과 화나는 것은 꽤 비슷했다.

집에 돌아온 우리는 아버지 앞에서 동시에 외쳤다. "우린 중학교에 가고 싶지 않아요!" 말을 못 하는 나는 양손을 교차시켜 커다란 X자 모양을 만든 다음 필사적으로 고개를 저었다. 우리를 본 아버지는 딱 한마디만을 했다. "때가 왔구나." 그리고 다음 날부터 우리를 데리고 서커스 공연을 다니기 시작했다.

중학교에 가지 않기로 결정한 우리는 봄에 한 번, 가을에 한 번 집을 떠났다. 아버지의 트럭은 공터 비슷한 곳을 발견하면 무조건 멈춰 섰다. 그리고 그곳에 자리를 잡고 서커스용 천막을 쳤다. 옆에는 방방이라고 불리는 대형 트램펄린 두 개도 놓았다. "우리는 대박을 칠 거다!" 아버지는 서커스를 열 때마다 그렇게 외치며 화려한 광대 옷을 입었다. 그 뒤에서 외발자전거에 기름을 먹이던 S는 작게 중얼거리곤 했다. "쪽박을 쳐도 놀랍지 않을걸요."

사실 S의 말이 맞았다. 서커스 공연을 보러 오는 사람은 매우 적었다. 하기야 광대들은 어설프고 우스꽝스러운 춤을 추고, 어딘가 불편해 보이는 여자애들이 외발자전거를 타거나 접시를 돌리는 공연이 마냥 즐거울 리만은 없었다. 가끔 장난 삼아 입장료를 내고 초등학생들이 들어오기도 했지만, 징그럽다며 금방 나가버렸다. "방방이라도 타고 가렴." 아버지는 서커스 입장료를 낸 아이들에겐 방방을 원하는 만큼 탈 수 있게 해줬다.

운이 좋은 날은 근처 노인정에서 단체로 서커스 관람을 오기도 했다. 노인들은 공연의 처음부터 끝까지 마치 콘서트를 보는 와중인 것처럼 일정한 간격을 두고 박수를 쳐댔다. 그런데 웃지는 않았다. 어떤 할머니는 코까지 골며 잠을 자기도 했다. 그리고 공연이 끝나고 나서야 "시작했냐?"라고 말하면서 깼다. 간혹 방방을 타고 싶어하는 노인들도 있었다. 위험하다며 아버지가 말리면 역정을 냈다. "늙은이는 놀지도 못한

단 말여?" 돈을 더 얹어주겠다는 제안에도 아버지는 강하게 막아섰다. 때로는 방방을 태워주지 않아서 앙심을 품고 경찰에 신고하는 노인도 있었다. "여기 불법 영업을 하는 곳이 있다던데?" 그러면 우리는 급하게 짐을 싸서 다른 장소로 이동해야 했다. "그깟 방방 때문에 저러다니. 치사한 노인네들." A가 그렇게 말할 때면 아버지는 A에게 꿀밤을 먹이면서도 이렇게 대꾸했다. "나이를 먹을수록 치사해지는 거란다."

서커스단 실적은 항상 초라했다. 그나마 방방이 있어 다행이었다. 방방을 타고 싶어 찾는 손님들은 의외로 어린아이보다 어른이 더 많았다. 수완이 좋은 S는 어른들이 방방을 찾을 때마다 말했다. "성인은 애들 요금에 다섯 배를 받아요." 너무 비싸다며 항의하는 사람들도 있었다. 그러나 S는 뭉뚝한 손을 내민 채 꿈쩍하지 않았다. "성인은 다섯 배라고요. 다시 말씀드려요?" 거기까지 가면 대부분 조용히 지갑을 꺼내 들어 방방 값을 지불했다. 나는 '성인'이라는 단어를 들을 때마다 두근거렸다. 방방을 타고 싶어하는 어른들이 몰릴 때면 S는 자주 성인이라는 단어를 발음했다. 그때마다 내 코끝은 시큰거렸다. 참을 수 있을 때까지 참다가 정 안 되겠으면 천막 뒤편으로 숨어 들어갔다. 그리고 가운뎃손가락을 힘껏 치켜올렸다. 그러면 신기하게도 모든 것이 멈췄다.

차창 밖에 익숙한 풍경이 눈에 들어왔다. 고향을 떠나온 지 어느덧 십 년이 훌쩍 지나 있었다. 크게 변했을 것이라고 예상했지만, 막상 와보니 모든 것이 예전과 비슷했다. 집과 고향은 아버지가 수감된 이후부터 잊고 싶은 곳이 되었다. 특별히 싫어서가 아니었다. 다만 내가 겪었던 일이 내가 느낀 것과 다르게 이야기되는 상황을 벗어나고 싶었다. 단지 그뿐이었다. "여기는 변한 게 없네?" 나처럼 창밖을 보고 있던 A가 말하자 S는 주위를 두리번거렸다. "시골이 다 그렇지." 울퉁불퉁한 도로를 지나가느라 힘겨운지 S가 욕을 했다. "씨발, 길이 뭐 이따위야." 그러자 A가 자신의 배를 두 팔로 감싸 안았다. "애가 듣잖아. 씨발이 뭐니, 씨발이. 조심 좀 해!" "너나 조심 좀 해라." S의 말에 나도 고개를 끄덕였다. 그리고 손을 뻗어서 A의 입을 막아버렸다.

덜컹거리는 차의 흔들림 때문에 멀미가 날 지경이었다. 눈을 감고 싶어질 즈음, 집에 도착했다. 군의 외곽에 있는 마을에서도 가장 외진 구석에 위치한 작은 주택. 주택이라고 부르기엔 무척 빈약한 빨간색 지붕의 집. 항상 담벼락 옆에 주차해뒀던, 서커스 공연 도구와 천막을 옮기는 구식 트럭. 나는 예전의 집을 머릿속으로 그리며 차에서 내렸다.

그런데 집을 살펴보니, 지붕이 없었다. 빨간색 지붕은 거의 손실된 채 파편으로만 남아 마당 곳곳에 흩어져 있었다. A가 지붕이 있어야 할 부분을 쳐다보며 소리쳤다. "우리 집 지붕 어디로 갔어?" 문제는 또 있었다. 각종 쓰레기가 가득 쌓인 마당이었다. 아마도 사람들이 오고 가면서 쓰레기장으로 사용한 모양이었다. 하긴 십 년 이상 비워진 집이었을 테니까. S는 늘 트럭을 놔뒀던 자리가 비어 있는 것을 보고 아쉬워했다. "역시 누가 가져가버렸어." 담벼락은 온통 낙서로 뒤덮여 있었다. 낙서 군데군데엔 분필이며 매직이며 하는 것들로 그려진 남자 성기 모양 그림들도 있었다. "도대체 뭐가 재미있다고 이런 걸 그릴까." 민망해하는 S와는 달리 A는 그 그림들을 자세히 들여다봤다. 휴대폰 번호 비슷한 숫자가 쓰여 있기도 했다. 지금 이 번호로 전화를 걸면 누군가가 받을까.

일단은 집을 좀 치워야만 했다. S가 청소에 필요한 물품을 사러 차를 몰고 마을 밖 읍내로 간 사이, 나와 A는 마당에 널린 쓰레기를 정리했다. A가 끊임없이 불평했다. "쓰레기 같은 사람들!" 그러던 와중에 우리는 서커스 공연을 할 때 사용했던 천막 천과 S의 외발자전거, A의 묘기용 접시들이 담긴 상자를 발견했다. 원래 트럭 화물칸에 실어놓았던 것인데, 누가 이것들만 버리고 간 것 같았다. A는 상자 안에서 접시를 꺼냈다. "오랜만에 돌려보고 싶어." 접시를 돌려보고 싶어서 막대기를 찾았지만 찾을 수가 없었다. 별수 없이 A가 그냥 손가락으로 돌렸다. 제법 잘 돌아가는 접시에 나는 감탄했다. 뱅글뱅글 돌아가는 접시를 보면서 A는 "그래도 이게 내가 제일 잘하는 거야."라고 말한 뒤 빙긋 웃었다.

아직도 선명하게 기억에 남는 손님들이 있다. 유독 많은 모텔들로 둘러싸여 있는 공터에서 공연을 벌였던 날이었다. 그 공터는 새로운 모텔이 세워질 건설부지라고 했다. A가 공터 주변에 빼곡하게 늘어서 있는 모텔들을 보며 말했다. "저렇게 많은데 뭐 하러 또 짓는담?" 아버지가 사뭇 진지한 목소리로 대답했다. "모텔이 얼마나 중요한 곳인데. 너희들도 나중에 알게 될 거다." 그에 S가 혀를 쑥 내밀었다. "그만하세요. 징그러워요."

그날 밤, 술 냄새를 풀풀 풍기는 젊은 남녀 네 명이 서커스를 찾아왔었다. 늦은 시각이라 공연을 접으려던 참이었다. "뭐든지 두 배로 낼게요!" 그들 중 한 남자가 소리치자, S가 쪼르르 달려갔다. "성인은 다섯 배예요!" 그들은 다섯 배든 열 배든 얼마든지 내겠다고 했다. "서커스라도 보고 가고 싶어요." S는 신이 나서 공연을 준비하자고 했다. 나와 A도 들떠 분주하게 움직였다. 아버지만은 좀처럼 볼 수 없었던 표정을 짓고선 한동안 우두커니 서 있었다. 그러나 우리의 재촉에 느린 동작으로 다시 천막을 세웠다.

그들은 우리 서커스 역사상 가장 반응이 좋은 관람객들이었다. 아버지가 바보 같은 춤을 추면 깔깔 웃기도 하고, S가 아슬아슬한 외발자전거로 콩콩콩 뛰는 묘기를 보이면 와아 소리를 질렀다. A가 손가락 사이마다 길거나 짧은 막대기들을 끼우고, 각 막대기 위에 접시를 하나씩 올려 돌려 보일 때는 기립박수도 쳤다. "브라보!" 우는 표정으로 분장한 내가 발을 동동 구르는 앙증맞은 동작을 선보였을 때는 훌쩍훌쩍 울기도 했다. 그들은 방방도 탔다. "야호! 야아호오!" 치마가 훌렁훌렁 올라가 속옷이 보이고 흉한 자세로 넘어져도 그들은 신나게 탔다. 그들이 지르는 소리를 들으면서 나는 또 두근거렸다. '야호'란 말도 정말 근사한걸. 또 코끝이 시큰거려서 아무도 모르게 가운뎃손가락을 펴 보였다.

얼마쯤 지났을까. 별안간 바람이 불었다. 거세게 부는 바람에 방방을 타고 있던 네 명 중 한 남자의 머리에서 무언가가 벗겨졌다. 그건 가발이었다. 남자의 머리에서 분리된 가발은 지켜보고 서 있던 아버지의 발밑에 툭 떨어졌다. "오. 이게 뭐야?" A가 가발로 손을 뻗자 곁에 있던 S가 팔꿈치로 A

의 옆구리를 꾹 찔렀다. 가발이 벗겨진 남자는 얼마간 멍하니 멈춰 있었다. 그러다 갑자기 "에이, 씨발!"이라고 외치면서 울기 시작했다. 남자가 울자 나머지 세 명도 차례로 울기 시작했다. 씨발, 씨발 같은 인생. 자꾸만 그 말을 반복하면서 울었다. 방방을 타다 말고 주저앉아 우는 네 명에 우리는 당황했다. 한참을 울다가 그들이 방방에서 내려왔다. 가발이 벗겨진 남자는 아버지가 들고 있던 자신의 가발을 거칠게 채갔다. "뭘 봐, 씨발!" 그리고 일행과 어깨동무를 하고 비틀거리며 사라졌다. S가 그들이 사라진 쪽을 노려봤다. "고작 가발 하나 가지고 저 지랄들이냐."

다음 날, 이른 새벽부터 소란스러웠다. 곤히 잠든 S와 A를 제외하고, 나와 아버지가 잠에서 깨어났다. 숙소로 사용하던 천막 밖으로 나와 보니, 공터 근처 도로를 경찰차와 구급차가 사이렌을 울리며 빠르게 지나치는 것이 보였다. 적막한 새벽에 퍼지는 소리가 무척 또렷했고, 정체를 알 수 없는 불길함이 엄습했다.

상황을 살피기 위해 아버지는 잠시 다녀온다고 하면서 나갔다. 나는 어제 가발이 벗겨진 남자가 했던 '씨발'이라는 단어가 왠지 모르게 떠올랐다. 두근거리지 않는 걸 보니 그다지 멋진 단어는 아니야. 아버지는 금방 돌아왔다. "모텔에서 남녀 네 명이 죽었다구나. 아마도 자살인 것 같은데, 확실하지는 않대." 혹시 어제 그 사람들일까요? 내가 입 모양으로 물었더니, 아버지가 "글쎄다."라고 대답했다. 나는 궁금해져서 아버지의 손바닥 위에 손가락으로 글을 썼다. 고작 가발 때문에 그랬던 걸까요? 고작요? 그러자 아버지가 내 손을 꼭 잡아줬다. "살다 보면 그럴 수도 있단다. 고작, 가발 때문이라도 말이야." 어느 때보다 세게 맞잡은 아버지의 손은 땀으로 축축해져 있었다.

"누가 이 집을 뒤지는겨?" 집 밖에서부터 큰 소리가 들려왔다. 이윽고 나와 A는 소리의 주인공이 이 마을에서 가장 목소리가 컸던 할머니임을 알아챘다. "우와, 저 할머니 아직도 살아 있어!" A가 소름 끼친다며 팔뚝을 벅벅 긁었다. 할머니는 이 집에 사는 아버지와 나와 S와 A를 늘 못마땅하게 여겼다. 어쩌다가 마주치는 날엔 노골적으로 훑어보곤 했다. 그때도 꽤 나이가 많았던 할머니였는데, 아직도 살아 있다는 것이 그저 놀랍기만 했다.

"너희들이 여기 웬일이여?" 할머니의 눈동자가 우리 두 사람을 살펴보느라 바쁘게 굴러다녔다. 할머니는 십여 년 전이나 지금이나 별로 달라 보이지 않았다. 어색하게 웃던 A가 접시를 상자에 도로 넣으며 말했다. "아버지요, 돌아가셔서. 집을 좀 정리하고 있었어요." "그래, 그놈이 죽어버렸나? 잘 죽었구나. 무서운 사람이었제." 할머니는 손뼉을 한 번 치더니 혀를 내둘렀다. "잘 죽었지. 무서운 놈이었어." 자꾸만 무섭다는 말을 반복하는 할머니에게 A가 툴툴거렸다. "별로 무서운 사람은 아니었어요." A의 말에 나도 고개를 끄덕여 보였다. 그러나 할머니는 아랑곳하지 않았다. "그런데 너희들은 아직도 그 사람을 아버지라고 허냐?" "그럼 아버지를 아버지라고 하지 뭐라고 불러요." A의 대답에 할머니는 S의 방송을 보았다면서 말을 이었다. "너희들 막 때리고 훈련시키고 그랬다면서. 아버지도 아니면서 데려다가 어떻게 해보려고."

사람들은 우리의 일을 서커스 유괴사건이라고 불렀다. S가 자신의 첫 번째 에세이집에 그렇게 쓴 이후부터 붙여진 명칭이었다. S는 우리의 일을 다룬 방송 인터뷰에 참여했고, 그 계기로 우리의 일을 기록한 책을 냈다. S가 자신의 계획을 이야기하며 양해를 구했을 때, A는 펄쩍펄쩍 뛰었다. "그런 걸 가지고 왜 책까지 내냐?" "아버지도 괜찮아하셨어." "웃기지 마. 그럴 리가 없어." A의 반대에도 불구하고 몇 달 뒤 S의 책이 나왔다. S는 친필 사인이 들어간 책을 A와 나에게 보내줬다. 그러자 A는 S에게 전화를 걸어 또다시 화를 냈다. "이런 거 하지 말라고 했잖아, 이 계집애야!" 그리고 책을 다 읽고 나서는 S에게 문자 메시지 한 통을 보냈다. 이제부터 너랑 절교다, 이 나쁜 계집애. 이것이 A와 내가 지난 삼 년간 S와 연락을 하지 않았던 이유였다.

하지만 S가 방송에서 한 이야기는 대부분 사실이었다. 아버지는 우리 아버지도 아니었고, 때리기도 했고, 서커스 공연 훈련도 시켰으니까. 그렇게 과장을 조금 보탠 사실들로 S가 책을 냈고 예상보다 책이 잘 팔려서 유명해진 일에는, 결코 거짓이 없었다. 그렇다면 그건 진실인가. 그런 생각을 거듭하다 보면 서글퍼졌고 그 마음은 어쩔 수가 없는 것이었다.

때마침 S가 돌아왔다. 청소에 필요한 물품들을 들고 차에서 내리는 S를 향해 A가 다짜고짜 소리를 질렀다. "이게 다 너 때문이야, 나쁜 계집애야!" 어리둥절한 얼굴로 S가 서 있자, 그녀를 알아본 할머니가 다가갔다. "티브이에서 보던 거랑 똑같구먼. 잘 들었어. 무서운 이야기 잘 들었어." 자연스럽게 S의 손을 잡고 악수하려던 할머니는 갈고리 같은 장치가 끼워져 있는 것에 기겁했다. "허이고, 이게 뭐야!" 다급히 놓는 바람에 S의 장치는 또 빠져버렸다. 하루에 두 번이나 장치가 빠져버리자 S가 날카롭게 반응했다. "아, 진짜!" 마당에 쌓인 쓰레기들 사이로 장치가 쏙 들어가버렸고, 할머니가 도망치듯 집을 빠져나가며 비명을 질렀다. "무서워라! 무서워!" 할머니 쪽은 신경도 쓰지 않은 채 S가 성큼성큼 A 쪽으로 다가갔다. 겁날 것 없다는 표정의 A도 가슴을 있는 힘껏 내민 채 서 있었다.

나는 더 이상 아무것도 듣고 싶지 않았고, 아무도 보고 싶지 않았다. 그래서 신발을 신은 채로 평상에 올라 안방 문을 열고 집 안으로 들어갔다. 그리고 있는 힘껏 문을 닫았다.


안방은 집 바깥만큼이나 형편없는 모양새였다. 문짝 하나가 뜯어진 장롱 안에는 우리가 덮었던 이불이 겹겹이 쌓여 있었다. 마당에서 S와 A가 본격적으로 싸우는 소리가 들렸다. 나는 두 손을 들어 귀를 막아버렸다. 그리고 방 안을 둘러보았다.

이곳에서 아버지와 함께 생활했던 나날들은 더 이상 기억나질 않았다. 잊을 수 없을 거라고 생각했던 순간들은 나도 모르는 사이에 조금씩 옅어지다 결국엔 사라져버렸다. 고개를 들어 천장을 바라보니 쥐의 오줌과 오물들로 인해 폭삭 내려앉은 부분이 보였다. 지붕과 함께 천장의 상당 부분이 뜯겨져서, 커다란 구멍도 뚫려 있었다. 구멍을 통해 늦은 오후의 햇빛이 쏟아져 내렸다. 이런 곳이 내가 살았던 곳이라니. 어색

한 얼굴로 방 안 곳곳을 둘러보다가 어떤 한 부분에서 멈칫했다. 내가 발견한 것은 벽에 걸린 상장 액자였다. A의 장애인의 날 기념 백일장 금상. 가보로 삼겠다면서 액자를 걸어뒀던 아버지의 얼굴이 아른거렸다. 나는 발꿈치를 들어 상장 액자를 떼어냈다. 그리고 그것을 들고 안방 문을 열었다.

"부러우면 너도 방송에 나가지 그랬어! 책도 쓰고!" "누가 그딴 게 부럽대? 너 때문에 모든 게 엉망이잖아!" S와 A는 바짝 붙어서 아이들처럼 싸우고 있었다. 나는 평상에서 내려가 그 둘 사이를 지나쳤다. 그리고 아까 발견한 공연 천막을 집어 끌어당겼다. 낡은 비닐천이 부스럭거리는 소리를 내자 비로소 S와 A가 나를 돌아봤다. 내가 한쪽 겨드랑이엔 상장 액자를 끼고 다른 한 손으로는 천을 질질 끌며 움직이자, A가 물었다. "너 지금 뭐 하려고?" 천을 끌자 먼지가 포록포록 솟아올랐다. 먼지를 마신 S가 말을 멈추고 콜록거렸다.

나는 잠시 천을 내려놓고 상장 액자를 두 사람에게 보여줬다. 액자를 본 두 사람이 반색했다. "저거 내 상장이다!" "그게 아직도 있었어?" 대답 대신 나는 춤을 췄다. 서커스 공연 때 췄던 춤이었다. S가 심각한 얼굴로 물었다. "너 어디 아프니? 갑자기 왜 그래?" 그러자 아버지 다음으로 내 동작을 잘 이해했던 A가 큰 소리로 말했다. "서커스?" 그 단어를 듣자

가슴이 묵직하게 두근거렸다. 쿵, 쿵, 쿵, 쿵, 쿵. 내가 고개를 끄덕이자 S와 A는 서로를 보다가, 나를 보다가, 내가 들고 있는 상장 액자를 보다가, 다시 서로를 쳐다봤다.

전국 공연을 다녀올 때마다 빚은 차곡차곡 늘어났다. 그래도 아버지는 서커스 공연을 멈추지 않았다. 하지만 나와 S와 A는 지쳐갔다. 우리는 나이를 먹어갈수록 서커스 공연을 싫어했다. "이런 거 안 해도 충분히 부끄럽거든." 가장 힘들어했던 것은 S였다. 그도 그럴 것이 우리 중 그 누구도 S만큼 시선을 받지는 않았기 때문이다. S는 누군가 자신을 뚫어져라 바라보면 불공평한 기분이 든다고 했다. "침해받는 거야, 그런 건." 그래서 서커스를 더욱더 그만두고 싶은 거라고. 그녀는 그렇게 말하며 울다가 잠이 들곤 했다.

우리가 열일곱 살이 되던 해의 겨울. 집 마당 한가운데에서 기어코 S가 외발자전거를 던졌다. "이따위 것은 이제 그만둬요!" 던져진 외발자전거는 A로 향했다. 그 때문에 접시가 들어 있는 상자를 옮기고 있던 A가 놀라 넘어졌다. A는 화를 내며 상자 속 접시를 집어 들어 S 쪽으로 던졌다. "너만 힘드냐? 이게 웬 지랄이야?" A가 던지는 접시는 정통으로 S에게 향했다. 겁을 먹은 S가 쓰러져 있는 외발자전거를 일으켜 세웠다. 자전거에 오른 S는 힘껏 페달을 밟았다. 외발자전거를 타고 마당을 도는 S와 그녀를 향해 접시를 던지는 A는 한 편의 공연처럼 보였다.

"이제까지 공연 중 제일 잘하는구나." 아버지는 내 옆에서 태연한 목소리로 말했다. 왜 저 둘은 매번 저렇게 싸우는 걸까요. 내가 아버지를 보며 입을 뻐끔거렸다. 그런 내 머리를 쓰다듬으며 아버지는 "저 둘은 말을 할 수 있기 때문이란다."라고 했다. "저런 걸 보면 말하는 게 썩 좋지만은 않지?" 덧붙여 말하는 아버지의 오른 손목을 잡아끌었다. 그리고 손바닥 위에 썼다. 왜 자꾸만 우리에게 서커스를 시켜요? 더는 하고 싶지 않아요. 이번엔 아버지가 내 오른 손목을 잡아 내 손바닥 위에 썼다. 혹시 도움이 될까봐. 그 문장을 쓰고 잠시 망설이더니 곧이어 물음표를 달았다. 혹시 도움이 될까봐? 입모양으로 되물으면서 아버지를 올려다봤다. 그 순간 누군가 대문을 두드리는 소리가 들렸다. 대문은 열려 있었고, 그 밖에는 남자 두 명이 서 있었다. "실례합니다." 두 명의 남자는 그 말을 하면서 이미 발을 우리 집 안으로 들이고 있었다. 이 기억이 진짜인지 모르겠지만, 나는 그때 분명 아버지가 슬며시 웃고 있었던 것을 본 것 같다.

집에 찾아온 두 명의 남자는 형사들이었다. 그들은 아버지를 데리고 갔다. 뒤이어 중년의 여자 두 명과 남자 한 명이 방문했다. 그들은 우리를 보호 시설로 데리고 갔다. 우리는 그곳에서 씻고 밥을 먹고 잠을 잤다. A는 식판 한가득 밥을 퍼서 먹으면서도 "이게 무슨 일이야?"라고 하며 불안해했다. 반면 S는 별로 놀랍지 않다는 얼굴로 보호 시설의 생활에 잘 적응해나갔다. 나는 아버지가 걱정되었다. 그러나 아무도 우리에게 무슨 일이 일어나는 건지를 가르쳐주지 않았다.

며칠이 그렇게 흘러가자 견딜 수가 없어진 나와 A는 S와 함께 보호 시설에서 일하는 어른들을 붙잡고 물었다. "우리 아버지는요?" 그러자 한 직원이 우리의 손을 번갈아 잡아주며 말했다. "놀라지 말렴. 그 사람은 너희들 아버지가 아니란다." "그건 우리도 알고 있어요." 정말 그 말이 사실이었다니. "너희들에게 억지로 서커스도 시켰다며?" 솔직히 서커스 훈련이 싫어서 도망 다니거나 반항하기도 했었다. "네, 맞아요." 직원은 더욱 심각해진 얼굴로 말을 이었다. "말 안 듣는다고 때리기도 했다며?" 아버지는 가끔 회초리로 우라를 때리곤 했다. "그것도 그래요." 캐묻기만 하는 직원이 답답해진 A가 물었다. "아버지는 어디에 있냐고요." "안심해. 그 사람은 감옥에 갈 거란다." 우리는 펄쩍 뛰었다. "왜요?" 그러자 느리게 눈을 깜빡이던 직원이 우리의 머리를 쓰다듬어주면서 대답했다. "이제까지 말했던 것들이 바로 그 사람이 감옥에 가는 이유란다."

아버지가 잡혀 들어갔을 때는 군수의 재선 기간이었다. 군수는 지방방송과 유세에서 매번 아버지와 우리를 거론했다. "우리의 아이들을 보호합시다!" 아버지는 강력하게 처벌받게 되었고, 우리는 보호 시설에서 후원받으며 중학교 검정고시 공부를 시작하게 되었다. 그동안 전혀 손대지 않았던 공부를 하는 것에 지겨워진 A는 가끔 보호 시설의 주방에서 접시와 젓가락을 몰래 가져다가 사람들 앞에서 공연하곤 했다. "내가 제일 잘하는 거야!" 사람들이 박수를 치면 A는 즐거워했지만, 시설의 직원들에게 자주 혼이 났다. S는 열심히 검정고시를 통과해 나갔다. "앞으로는 다르게 살 거야." 그런 말을 하는 S를 A는 별로 탐탁지 않아 했다. "이제까지 어떻게 살았는데 그러냐. 유난은."

나는 그저 조용히, 아버지를 찾으며 하루하루를 보냈다. 아버지가 보고 싶었다. 듣고 싶은 말도 있었다. 그러나 아무도 아버지가 어디에 있는지를 가르쳐주지 않았다. "이제는 잊고 살렴." 모두가 잊으라고만 했다. 그래서 그때의 일이 점점 잊어야만 하는 일로 여겨졌다. 사실은 내가 겪은 일들이 모두 무서운 일이었을까. 가끔씩 스스로 묻곤 했지만 거기에 어떤

답을 기대했던 것은 아니었다.

내가 스무 살이 되었을 때는, 더 이상 아버지를 찾지 않게
되었다. A도, S도. 우리는 더 이상 서커스 공연을 하지 않는,
할 필요가 없는 삶을 살아가게 되었으니까.


새벽이 되어서야 마당의 쓰레기들을 대충 정리하고, 지붕
위에 서커스 공연용 천막을 씌울 수 있었다. 임신 중이라 지
붕 작업을 돕지 못하는 A는 혼자서 안방을 닦고 쓸었다. "임
산부를 너무 부려먹는 거 아니니?" 땀을 뻘뻘 흘리며 지붕 위
에서 천막을 씌우고 있는 나와 S에게 A가 투덜거리자, S는 어
이가 없다는 듯이 고개를 가로저었다. "애가 엄마를 닮지 않
아야 할 텐데."

모든 작업이 끝나고 나서, 나와 S와 A는 나란히 안방에 누
웠다. 내가 가운데, S는 내 오른쪽, A는 내 왼쪽이었다. 뚫려
있는 구멍으로 인해 지붕에 씌워놓은 천막이 바로 보였다. 빨
간색과 하얀색이 섞인 천막. 지금 생각해보면 한없이 어설펐
던 공연의 순간들이 떠올라 웃음이 나왔다. 키득키득키득. A
가 내 웃음소리를 듣고 혀를 찼다. "애가 먼지를 너무 많이
마셨나봐." 천막만 멀뚱하게 바라보던 S가 말했다. "사실 나,
아버지 찾아갔었어." 나와 A가 동시에 고개를 오른쪽으로 돌

렸다. "뭐? 언제?" A가 귀청이 떨어질 정도로 크게 소리쳤다. 나는 S의 손바닥에 글씨를 적으려다가 아차 싶었다. 대신 그녀의 배 위에 손가락으로 글씨를 썼다. 언제 만났어? 내가 물음표를 그릴 때 S는 간지러웠는지 크게 웃었다. 깔깔깔. 한번 터진 웃음은 좀처럼 가라앉질 않아서 A가 내게 "그러게 배에다 글씨를 왜 써, 배에다!"라고 하며 타박했다.

S는 아무래도 아버지에 대해 책을 쓰는 것이 미안했다고 했다. "마음에 걸려서 말이야." 그래서 아버지가 있는 교도소를 수소문하여 찾아갔다. "아니, 너가 왔구나!" 아버지는 잘 지내고 있었다고 했다. 생각보다 여기도 나쁘지 않은 곳이라고 기쁜 목소리로 덧붙였다고도 했다. S는 주저주저하다가 "아버지, 저 책을 내요."라고 말했다. 그런데 별로 좋은 내용은 아닐 거예요, 아버지한테. 기어들어가는 목소리로 S가 말하자 아버지는 "너가 작가가 되는 거냐? 가만, 그건 A가 될 줄 알았는데."라고 했다. 그 말을 듣자 A가 코를 훌쩍였다. "역시 아버지야." S는 아버지한테 그가 생각하는 부류의 작가가 아니라고 말했지만, 아버지는 책을 내면 다 작가라며 책이 나오면 보내달라고 했다. 아버지가 괜찮다고 말했지만, S는 고개를 들 수가 없었다. 그러자 아버지가 면회객 사이에 말을 주고받는 수화기에 바짝 입을 대고 낮은 목소리로

말했다. "사실 내가 경찰에 신고했단다.""네? 아버지가요?"
"그래. 그러니 걱정하지 마." 그러면서 아버지는 씨익 웃었
다. "찾아뵙지 못해서 죄송해요." S의 말에 아버지는 더 작게
속삭였다. "앞으로도 오지 마, 너희들 모두. 정말 나는 괜찮단
다." 그 말을 끝으로 면회를 마쳤다고, S는 전했다.

　나는 S의 배 위에 다시 글씨를 썼다. 왠지 아버지가 그랬
을 것 같았어. 그러자 S가 깔깔대며 몸을 꼬았다. "무슨 말 했
어?" A가 묻자 이번에는 A의 배 위에 글씨를 썼다. 아버지가
그랬을 것 같다고 했어. A도 깔깔 웃었다. 나는 들썩이는 A의
배를 보면서, A의 배 속에 있는 아기도 웃을 것 같아서 기분
이 좋아졌다.

　다시, 천장을 봤다. S와 A는 여전히 간지러운지 키득거리
고 있었다. 우리는 아주 잘 살아가고 있어요, 나는 서커스 천
막을 향해 그렇게 소리 내 이야기하고 싶었다. 당신이 누구
든, 우리가 누구든, 다른 누군가가 어떻게 생각하든 상관없다
고. 하고 싶은 말이 차올랐다. 하지만 한마디도 할 수 없었다.
목이 간질거렸다. 갑자기 차가운 금속이 내 손에 닿았다. S의
특수 장치였다. 반대쪽 손에는 따뜻한 온기가 닿았다. A의 손
이었다. 두 사람은 아직도 웃고 있었다. 그래서 나도 웃었다.
어쩐지 코끝이 또다시 시큰거렸다.

어쩔 수 없이 서커스 공연 천막을 향해 손을 뻗었다. 그리고 가운뎃손가락을 세웠다.

빅 매리

봄을 태워버리고 싶어. 남김없이 타버려서 이 세계에 존재하지 않기를 원해. 매리는 그런 생각을 했다. 컨테이너에 갇힌 뒤 처음으로 떠오른 생각이었다. 당장 눈앞에 보이는 것은 어둠뿐이었다. 그러나 매리는 알았다. 이 공간 너머엔 봄이 펼쳐지고 있다는 것을. 그렇지 않고서야 이렇게 사람들이 자신을 쫓아내기 위해 모여들었을 리가 없으니까.

바깥에서 들려오는 소리에 귀를 기울이던 매리가 마지막으로 남은 사탕을 입에 넣었다. 혀로 녹여 먹으며 봄이 없는 세상을 떠올려봤다. 만약 봄이 사라진다면, 사계절이란 단어도 사라지겠지. 대신 다른 단어가 생겨날 것이다. 이를테면 삼계절이라거나. 매리는 그 단어가 마음에 들었다. 언젠가 아빠와 함께 먹었던 보양 음식처럼 따끈하고 고소한 느낌이었다. 아빠의 턱을 타고 흘러내려 뚝배기 안으로 툭툭 떨어지던 땀방울. 인생의 봄날, 이라는 말도 달라질 테지. 아빠는 입버릇처럼 이런 말을 내뱉곤 했다. 내 인생의 봄날은 언제 오지? 이제 사람들은 막막할 때면 이렇게 말하게 될 것이다. 내 인생의 겨울날은 언제 오지? 라는 식으로. 오도독. 기어코 사탕을 깨물며 매리는 웃었다. 봄을 기다리지 않아도 되는 세상을 상상하는 것만으로도 즐거웠다.

이번에 매리를 찾아간 건 양이었다. 컨테이너 옆면 아래에 있는 개구멍을 통해서였다. 비좁은 구멍 안으로 양이 기어들어 갔다. 망을 보고 있던 번개와 열쇠가 킬킬댔다. "멍멍 짖어 봐." 저런 개새끼들. 양은 속으로 욕을 했다.

컨테이너 안은 어두웠다. 그 어둠 속에서도 매리는 쉽게 발견되었다. 몸이 5평 남짓한 공간의 대부분을 차지할 만큼 거대했기 때문이다. 양은 손을 뻗어 매리의 몸을 더듬으며 발걸음을 옮겼다. 마치 뜨겁고 축축한 벽을 짚는 것 같았다. 세상의 모든 벽들이 이런 느낌이었다면, 세계는 한결 덜 딱딱할 텐데.

매리와 마주한 양은 품에서 사탕을 한 주먹 꺼내 매리의 셔츠 앞주머니에 넣어줬다. 줄곧 조용하던 매리는 주머니가 채워지게 무섭게 사탕 껍질을 벗겼다. 순식간에 사탕 하나를 먹어치운 매리가 담배를 물고 불을 붙이는 양에게 말을 걸었다. "사람들이 얼마나 많이 모였어?" 한참 만에 별로, 라는 대답이 나왔다. 매리는 단번에 거짓말임을 알아챘다. 양은 거짓말을 잘했으니까.

담배 연기 때문에 매리가 잔기침을 하자 양이 깔깔 웃었다. "사탕 빠는 애가 어른의 맛을 알 리가 없지." 이따금 양은 담배를 피운다는 이유로 매리를 막내 취급했다. 번개와 열쇠도 마찬가지였다. 말도 안 된다고 화를 낼 때마다, 셋은 담뱃갑에 적힌 글귀를 가리켜 보였다. 19세 미만 청소년에게 판매 금지. 매리가 즐겨 먹는 사탕 봉지에는 이런 글귀뿐이었다. 3세 미만 아동의 손에 닿지 않는 곳에 보관하시오. 한때는 매리도 담배를 피워보려고 했었다. 그러나 양의 말처럼 사탕에 길들여진 입맛엔 담배는 결코 이해할 수 없는 맛이었다.

어느덧 담배를 다 피우고 나가려고 하는 양을, 매리가 붙잡았다. 묻고 싶은 말도, 듣고 싶은 대답도 있었다. 그러나 지금은 어떠한 말도 도움이 되지 않을 거란 막연한 마음이 들었다. 그래서 한마디만 했다. "또 올 거지?" 대답 대신 들려오는 양의 웃음소리는 또 거짓말을 하고 있는 것만 같았다.

한때는 매리도 봄을 반가워했던 적이 있었다. 봄에는 이 세상 어느 곳에서나 몸을 누일 수 있었으니까. 이를테면 그런 곳들. 지독한 하수구 냄새를 풍기는 공원의 벤치나 길고양이들이 숨어드는 공영주차장의 한구석 같은 곳들. 매리는 걷다지치면 옆구리에 끼고 다니던 사전을 베고 아무 데서나 잠을 청했다. 누워 있으면 포근한 바람이 불어왔다. 불현듯 사전에서 읽었던 '침대'라는 단어가 생각났다. 침대에 누우면 이런 기분이 들까? 매리는 사전을 펼쳤다. 그리고 침대가 적혀 있는 페이지를 찢은 뒤 구겼다. 뭉쳐진 종이를 삼키면서, 침대라는 단어를 익혔다. 이런 방식으로 매리는 수많은 단어를 차곡차곡 이해했다.

봄을 기대하지 않게 되었던 건, 번개와 열쇠와 양을 만나 더 이상 하늘 아래가 아닌 지붕 아래에서 밤을 보내게 되면서였다. 셋은 오래전에 우연히 만나 같이 떠돌아다녔었다. 그러다 어느 낡은 건물의 옥상 위에서 사전을 베고 누운 매리를 발견했다. 셋 중 누군가가 말을 걸었다. 너도 집을 나왔어? 매리가 고개를 끄덕이자, 그들은 서로 은밀하게 눈길을 주고

받더니 다시 말했다. 우리가 하라는 대로만 하면 끼워줄게. 그들의 제안에 매리는 마냥 안심이 되었다. 시키는 대로 따르는 건 매리가 가장 잘하는 일이었으니까.

셋과 함께 낯선 사람의 집으로 들어가 사는 일은 놀라울 정도로 쉬웠다. 혼자 사는 사람들의 집을 고르고 나면 양이 초인종을 눌렀다. 무엇이든지 할게요. 그러면 의외로 상냥한 대우를 받으며 들어갈 수 있었다. 집주인들이 요구했던 것은 한 가지뿐이었다. 가만히만 있어, 그거면 돼. 집 안에서 지내게 되면서부터 셋과 매리는 정말 가만히 있었다. 집주인들이 머리를 쓰다듬고, 어깨를 어루만지고, 엉덩이를 쥐어와도. 이따금 칭찬도 들었다. 참 말을 잘 듣는구나.

겨우내 상냥했던 주인들은 그러나 봄이 되면 슬그머니 말을 바꾸곤 했다. 날도 풀렸으니 슬슬 나가주지 않을래? 그때마다 넷은 별수 없이 머물던 집을 떠나야만 했다. 그렇게 세 번의 겨울을 보내고 세 번의 봄을 맞이하여 또다시 쫓겨났던 어느 날. 더는 참을 수 없다는 듯이 번개가 소리쳤다. 비겁해, 고작 봄을 핑계로 대다니! 나머지 셋도 동의했다. 얼마든지 머물러도 좋다고 약속을 했던 건 바로 그들이었으면서.

막 쫓겨난 집의 대문을 노려보면서 라이터를 켰다가 끄는 것을 반복하던 열쇠가 화를 냈다. 씨발, 봄이라는 걸 확 불살

라버릴 수도 없고. 그 순간 모두 깨달았다. 이 불공평한 사태를 위해 드디어 뭔가를 해야 할 때가 왔다는 것을. 하지만 대체 어떻게? 곰곰이 생각하던 양이 조심스럽게 제안했다. 이건 어때?

양이 제시한 방법을 듣고 모두 반색했지만, 매리는 머뭇거렸다. 만약 그 방법이 예상치 못했던 방향으로 흘러가버린다면 어떻게 해? 번개가 으쓱해 보였다. 애초에 우리가 잘못했던 것도 아닌데, 뭘. 열쇠가 손으로 매리의 어깨를 감쌌다. 그래, 어차피 먼저 불공평했던 것은 우리 쪽이 아니었으니까.

매리가 갇힌 컨테이너 옆에는 철로가 길게 늘어져 있었다. 기차가 다니지 않는 폐쇄된 철로였다. 몇몇 아이들이 그 위를 걸어 다니며 기차놀이를 하고 있었다. 허리에 팔을 감고, 칙칙폭폭 칙칙폭폭. 열쇠가 그 광경을 못마땅하게 지켜보는 동안, 양이 개구멍에서 나왔다. 옷에 묻은 흙을 털어내던 양은 번개가 보이지 않자 의아해했다. 열쇠는 아이들에게서 시선을 떼지 않으며 말했다. "둘러보고 오겠대."

철로를 기점으로 사람들이 모여들고 있었다. 반쯤 그을린 컨테이너가 위치한 철로 왼편에는 트럭들이 즐비했다. 트럭의 주인들은 각각 화물칸에 실었던 물건을 내려놓느라 분주했다.

화려한 색깔의 천막들도 쳐졌다. 서로 더 좋은 자리를 차지하기 위해 언성도 높였다. 컨테이너를 끼고 있는 근처 동네의 주민들은 우선으로 자리를 선택할 권리가 있다고 주장했다. "외지인은 그다음이야!" 반면에 철로 오른편에는 천막이 아닌 현수막이 세워졌고, 저마다 팻말을 들고 있었다. 팻말엔 빨간색으로 '크레인 반대!'라는 글씨가 크게 적혀 있었다. 그들은 질서정연했다. 맨 앞에서 확성기를 든 남자가 간간이 지시를 내렸다. "모두 단결하여 멈춰야 합니다!" 열쇠와 양이 왼편 한 번, 오른편 한 번을 번갈아 보고 나서야 번개가 돌아왔다. 아이스크림콘 3개를 들고서였다. 열쇠가 어디에서 가져왔냐고 물었다. 번개가 턱으로 철로 왼편을 가리켰다. "저기서 팔더라." 기차놀이를 하는 아이들이 거슬렸는지 열쇠가 버럭 소리를 질렀다. "썩 꺼져!" 열쇠가 성큼 다가서려는 몸짓을 해보이자, 아이들이 우르르 철로에서 벗어났다. 가소롭다는 표정을 짓고 있는 열쇠에게 양이 말했다. "너 때문에 도망간 게아니야."

저 멀리, 철로 끝에서부터 먼지를 일으키며 무언가가 느릿느릿 다가오고 있었다. 굴삭기와 덤프트럭이었다. 번개가 자신의 손목시계를 힐끗 봤다. "크레인은 8시에 도착한대." 앞으로 남은 시간은 3시간 정도였다. 셋은 불안한 얼굴로 매리가 있는 컨테이너에 조금씩 가까워지는 기계들을 지켜봤다.
끼긱거리는 특유의 기계음이 음산하게 울려 퍼졌다.

매리의 베개는 사전이었다. 사전의 나이는 매리의 나이와
같았다. 원래 사전은 2,000페이지가 넘는 두꺼운 책이었다.
그러나 매리에게 남겨졌을 땐 1,500페이지 정도로 줄어 있
었다. 아빠는 매리가 태어난 날에 엄마에게 사전을 선물로 줬
다. 2년 전 타국에서 옮겨와 아빠와 결혼한 엄마는 늘 우리
말이 서툴렀다. 포장된 사전을 받았을 때 엄마의 표정은 밝
았다. 처음으로 받아보는 커다란 선물이었다. 하지만 포장지
를 뜯고 나선 실망했다. 병원 침대 위에 누워 있는 엄마와 눈
높이를 맞추기 위해 의자 위에 올라선 아빠가 말했다. 열심
히, 배워. 너와 나 아이, 가르쳐줘. 최대한 또박또박 끊어 말
했지만, 엄마는 말을 듣지 않았다. 자신의 가슴께를 토닥이는
아빠의 손만 물끄러미 보고 있었다. 갓 태어난 아이의 발바닥
길이와 크게 다르지 않은 손. 엄마는 자신이 자랐던 나라를
싫어했었다. 가난하고 배고팠던 나라, 그 나라를 떠나기 위해
잡았던 아빠의 손은 분명 컸었는데.

퇴원한 뒤로 엄마는 미처 알아차리지 못했던 것들을 새롭
게 발견했다. 아빠의 신발은 동네 아이들이 신는 아동용 브랜

드였다. 아빠의 옷을 다리미질하는 것은 너무 손쉬웠다. 어떤 옷이든 짧고 작았으니까. 자신의 남편은 많은 부분이 성인보다는 아이에 더 가까웠다. 하루 2시간씩 집으로 방문하는 도우미의 도움을 받아가며 엄마는 사전을 읽고 공부했다. 배우면 배울수록 단어도 표현도 늘어갔다. 툭 쏟아내고 싶어지는 말도 많아졌다. 그럴 때마다 엄마는 다 읽은 페이지를 찢어 구겼다. 그리고 먹었다. 뱉어내고 싶은 단어를 몸 깊숙이 꼭꼭 밀어 넣어 숨겼다.

어느 오후, 아빠는 TV를 봤고 엄마는 여느 때처럼 사전을 읽다가 멈췄다. 페이지에 적힌 단어를 뚫어져라 바라보다가 곁에 누워 있는 매리로 시선을 옮겼다. 넌, 난쟁이네? 매리의 모습은 사전 속 '난쟁이'란 단어의 설명과 닮아 있었다. 그 말을 들은 아빠가 리모컨을 들어 TV 화면을 껐다. 지금 뭐라고 했어? 엄마가 손가락으로 사전 페이지를 가리켰다. 난쟁이. 별안간 아빠가 엄마의 뺨을 때렸다. 다시 말해봐. 고개가 틀어질 정도로 세게 얻어맞은 엄마의 표정은 이상하리만치 담담했다. 난쟁이. 아빠가 고함을 질렀다. 다시! 이번엔 엄마의 손가락이 아빠를 가리켰다. 너도 난쟁이! 아빠는 연거푸 엄마의 뺨을 때렸다. 죽고 싶어? 하지만 엄마는 말을 멈추지 않았다. 죽어도 넌 난쟁이! 때리는 게 소용없어지자, 아빠는 집을 나가버렸다. 그리고 다시 돌아왔을 땐 엄마는 없었다. 혼자서 우는 매리의 머리맡엔 사전만 덩그러니 놓여 있었다.

왼쪽으로 갈까? 아니면 오른쪽? 번개와 열쇠와 양은 실랑이를 벌였다. 어느 쪽이 먼저든 상관없었지만, 그래도 의논하는 척을 했다. 적어도 어떤 노력이라도 하고 있다는 것을 보여주려는 셋만의 방식이었다. 철로 왼편에서부터 맛있는 냄새가 풍겨왔다. 열쇠가 배를 문질렀다. "아직 배고파." 셋의 발걸음은 자연스레 철로 왼편으로 향했다. 왼편의 사람들은 서로에게 소리를 지르는 것을 멈추고, 각자의 천막 아래에서 호객하느라 바빴다. "한 번 보고 가세요!" 셋은 먼저 입구를 찾았다. 입구 쪽에는 벌써부터 많은 사람들이 줄을 서고 있었다. 어른들은 끈 달린 사진기를 목에 걸고 있었다. 아이들은 망원경이나 헬륨가스가 든 풍선 따위를 들고 있었다. 연인들은 휴대폰으로 사진을 찍었다. 입구 앞 매표소에는 직원으로 보이는 사람이 표 뭉치를 흔들어 보였다. "표 꼭 끊으세요!" 열쇠는 어이없어했다. "지들이 왜 돈을 받아?" 번개는 아이스크림을 사면서 한차례 봤던 광경이라 태연했다. "걱정 마. 청소년까지는 무료야." 양이 주황색 단체복을 입은 노인들에게 달려갔다. 그리고 사실을 알려줬다. 노인들은 직원에게 거칠게 항의했다. "너넨 경로우대도 몰라?" 쩔쩔매는 직원의 모습에도 그다지 후련하지 않았다.

셋은 서성이다 여느 사람들처럼 줄을 섰다. 셋 중 누군가가 속삭였다. "이거 좀 이상하지 않아?" 사람들 사이로 퍼져 있는 이유를 알 수 없는 흥분감이 낯설게 느껴졌다. 셋이 막 입구에 들어섰을 때, 등 뒤에서 어떤 아이가 울음을 터뜨렸다. "내 풍선!" 아이가 놓친 풍선이 둥둥 떠올랐다. 고개를 든 셋은 동시에 바랐다. 저 멀리, 훨훨 날아가버려. 하지만 풍선은 얼마 지나지 않아 공중에서 팡 하고 터져버렸다.

매리는 여덟 살이 되는 해에도, 기껏해야 다섯 살 정도로 보였다. 매리와 함께 입학식에 참여한 아빠는 학교 정문 앞에 모여 있는 아이들을 보고 나서 깨달았다. 아, 너는 나를 닮았구나. 아빠는 자신을 닮은 매리가 자신과 비슷한 삶을 살 거라는 생각이 들었다. 그대로 발길을 돌려 집에 온 아빠가 매리에게 말했다. 시키는 대로만 해라, 그러면 살아갈 수 있어. 그러면서 매리에게 엄마가 버리고 간 사전을 내밀었다. 공부는 이것만으로 충분할 거다. 매리는 그 사전을 싫어했다. 아무리 읽어도 재미가 없었다. 게다가 어떤 단어는 열 개가 넘는 뜻이 있었다. 사전을 읽으면 읽을수록 세상은 알쏭달쏭해졌다.

아빠는 매리가 제대로 공부하지 않으면 매를 들었다. 빌어먹을, 그 여자처럼 되고 싶으냐! 그 여자가 엄마라는 사실은 나중에서야 알았다. 무서워진 매리는 엄마가 했던 것처럼 사전 페이지를 찢어서 먹었다. 완벽하게 숨기기 위해서였다. 그러다 들켰다. 뺨을 맞고, 빗자루로 엉덩이도 맞았다. 매리는 끝까지 잘못했다는 말은 하지 않았다. 죽어도 하기 싫다고! 매리의 외침에 매질이 멈췄다. 다음 날, 아빠는 사탕 한 봉지를 사 왔다. 앞으로 죽는다는 소리는 하지 마라. 그러면서 한 페이지를 읽을 때마다 사탕 한 개씩을 주겠다고 제안했다. 억지로 사전을 읽은 매리가 처음 받았던 사탕은 딸기맛이었다. 입안 가득 퍼지는 새콤달콤한 맛. 감격한 매리가 사탕을 오도독 씹었다. 씹을수록 가슴이 뭉클해졌다. 사탕은 최초로 맛본 달콤함이었다. 그날, 아빠는 사탕의 힘을 알았고 매리는 사탕의 맛을 알았다. 사탕 한 알이면 아빠는 뭐든지 가르칠 수 있었고, 매리는 뭐든지 할 수 있었다. 그런데 정작 필요한 일은 가르쳐주지 않았다. 사탕을 먹고 난 뒤엔 반드시 양치질해야 할 것.

얼마 지나지 않아 이가 몽땅 썩어버린 매리는 병원에 갔다. 어마어마한 치료비가 청구됐다. 병원에서 나오며 아빠가 허공을 올려다봤다. 내 인생의 봄날은 대체 언제 오지? 매리는 그 말의 뜻이 궁금했다. 집에 가서 사전으로 찾아봐야지. 사탕을 먹을 생각에 들뜬 매리가 앞도 보지 않고 무작정 뛰었다. 그러다 골목에서 뛰어나온 차와 부딪칠 뻔했다. 끼이익! 차가 멈춰 섰고, 매리는 놀라 주저앉았다. 아빠가 뛰어와 매리를 살폈다. 다행히 다친 데는 없었다. 차에서 내린 운전자는 뛰어든 매리에게 화를 내려다 멈칫했다. 몰려든 사람들이 아빠와 매리의 작은 키를 훑어보더니, 곧 운전자를 바라봤다. 설마 이 둘에게 책임을 돌리려는 건 아니겠지? 라고 묻듯이. 에이, 재수 없게! 운전자는 지갑에서 지폐 몇 장을 꺼내 아빠에게 주고 나서 차를 몰고 가버렸다. 웅성거리던 사람들이 흥미를 잃고 흩어졌다.

아빠는 손에 쥐어진 지폐와 매리를 번갈아 보며 중얼거렸다. 이렇게 쉽다니. 신이 난 매리가 사탕을 사 먹자고 했다. 아빠가 씨익 웃었다. 더 맛있는 걸 먹자. 때마침 한여름이라 삼계탕을 파는 식당들이 눈에 띄었다. 삼계탕을 먹고 나오며 아빠가 감탄했다. 봄날이구나! 매리는 지금은 여름이라고 말하려다 그만두었다. 오랜만에 아빠는 활기차 보였으니까. 집으로 돌아가는 길에, 아빠는 사탕을 종류별로 샀다. 과일맛, 초콜릿맛, 캐러멜맛. 앞으로 내가 하라는 대로 할 테냐? 사탕 봉

지들을 보며 매리가 대답했다. 무엇이든지요! 사전 읽기를 더
시키려나 보다고 예상했던 것과 달리 아빠는 사전에 관심을
두지 않았다. 그에 매리도 사전을 베개로 이용하기 시작했다.


입구 안으로 들어서면 바로 보이는 천막에서는 피자를 팔
고 있었다. 셋은 피자를 먹기로 결정했지만 돈이 부족했다.
번개는 피자를 파는 천막 아래의 가판대를 유심히 보더니 의
기양양해했다. "문제없지." 피자를 만드는 남자는 셋에게 직
접 피자 도우를 돌리는 모습을 보여주고 싶어 했다. "본고장
에서 배운 솜씨야." 그러나 매번 반죽을 놓쳤다. "오늘따라
손이 미끄럽네." 멋쩍어하는 남자를 양이 한껏 추켜세웠다.
"한 번만 더 해보면 될 거 같은데요?" 자신감을 얻은 남자가
떨어진 도우를 주우려고 몸을 굽혔다. 그 틈을 타서 번개가
가판대 쪽으로 손을 뻗었다. 가판대 위에는 모금 바구니가 놓
여 있었다. 바구니 앞면엔 눈이 커다란 아이들이 찍힌 사진과
문구가 붙어 있었다. 배고픈 아이들을 도와주세요. 번개는 빠
르게 바구니 안에 있는 지폐나 동전을 훔쳤다. 도우 돌리기는
14번의 시도 끝에 성공했다. 바구니 안 모금은 반으로 줄어
있었다. 피자값은 훔친 돈으로 지불했다.
피자를 먹으며 셋은 구경을 이어갔다. 천막들은 별의별 음

식들을 다 팔았다. 떡볶이에 곁들어진 어묵 국물을 호호 불어가며 먹거나, 파전을 안주로 삼아 술을 마시는 사람들. 게임을 하는 천막도 있었다. 네 개의 컵을 늘어놓고 어느 컵에 동전이 들어 있는지 알아맞히는 게임에는 상품이 제공되었다. 눈썰미가 좋은 열쇠는 지포라이터 세 개를 따서 번개와 양에게 나눠줬다. 물풍선을 던져 목표물을 맞히는 게임도 있었다. 목표물은 거대한 코끼리 인형이었다. 셋은 그 게임은 하지 않았다.

확 트인 야외무대에선 음악을 틀고 사람들이 춤을 추고 있었다. 무대 위의 사회자가 자신의 뒤를 엄지로 가리켜 보였다. 무대와 불과 몇백 미터 남짓 떨어진 거리에는 반쯤 그을린 컨테이너가 있었다. "자, 끌어 올려지는 순간 뭐가 터진다?" 무대 아래의 사람들이 일제히 대답했다. "불꽃놀이!" 박수가 터져 나왔다. 어서 끌어 올려지길, 어서 불꽃놀이가 시작되길 기다리는 눈치였다. 무엇이 끌어 올려지는지, 어떤 일이 벌어질지는 상관하지 않는 것 같았다. 열쇠가 곁에서 방방 뛰고 있는 솜사탕 든 꼬마에게 물었다. "뭐가 끌어 올려지는지 알고 있니?" 꼬마는 혀만 날름 내밀어 보였다. 그에 번개가 꿀밤을 먹였다. 그야말로 번개 같은 솜씨였다. 얻어맞은 꼬마가 울먹이자, 셋은 재빨리 그 자리에서 벗어났다.

회색 대문의 집, 그곳이 최초였다.

겨울이 지나가고 점점 날씨가 따뜻해지면서 회색 대문의 집주인은 이전에 만났던 집주인들처럼 돌변했다. 번개를, 열쇠를, 양을, 매리를 빤히 쳐다봤다. 얼마 전까지 넷의 몸을 번갈아가며 주무르던 손은 단단히 뒷짐을 진 채. 넷이 쫓겨나듯 집을 나서자, 등 너머로 회색 대문이 사정없이 닫혔다. 한동안 말없이 서 있던 넷 중 누군가 말을 꺼냈다. 시작하자.

대문 앞엔 매리만 남겨졌다. 초인종을 누르면 집주인이 느릿느릿 나왔다. 죽인 줄 알았는데 다시 나타난 벌레를 보는 것 같은 눈빛을 하고선. 매리는 살며시 집주인의 팔을 붙들었다. 조금만 더 있고 싶어요. 애원하는 눈초리는 어떠한 것이라도 하겠다는 진심이 담겨 있었다. 잠깐의 망설임 끝에 집주인은 매리를 데리고 들어갔다. 멀리서 살피고 있던 셋이 살금살금 집으로 다가갔다. 열쇠가 간단한 손놀림으로 대문의 잠금장치를 풀었다. 집 안 전등은 모두 꺼져 있어 주위가 어두웠다. 번개가 미리 준비해뒀던 것들을 꺼냈다. 신문지 뭉치였다. 신문지 뭉치는 집 주변 곳곳에 뿌려졌고, 곧 불이 붙여졌다. 불길이 솟아오를 즈음엔, 양이 크게 소리 질렀다. 불이야, 불이야! 양의 목소리는 집 전체에 불길이 당겨진 것인 양 다급해서 실감이 났다.

놀란 집주인이 후다닥 뛰어나왔다. 옷이 걸쳐져 있지 않은 맨몸이었다. 곳곳에서 올라오는 불길을 보고 겁을 먹은 집주인은 밖으로 뛰쳐나갔다. 살려줘, 불이야! 열쇠는 대문을 잠가버렸고, 번개와 양이 불을 껐다. 정신없이 뛰어다니며 도움을 요청하던 집주인은 문득 뭔가 이상하다는 것을 알아차렸다. 뒤늦게 자신의 집 쪽을 보니 불길은 온데간데없이 사라져 있었다. 사색이 되어 집으로 돌아갔지만 대문은 열리지 않았다. 제발, 내가 잘못했어. 셋이 팔짱을 끼며 그 소리를 듣고 있는 동안, 매리가 옷을 입고 나왔다. 넷은 날이 밝을 때까지 집주인을 내버려두었다. 그리고 잠에서 깬 이웃들이 하나둘씩 집주인을 발견하고 모여들기 시작하자 부리나케 도망쳤다. 그들은 달리는 와중에 틈틈이 뒤를 돌아봤다. 시시때때로 네 명을 더듬던 집주인의 두 손이 다리 사이를 가리며 쩔쩔매고 있었다. 웃음이 나는 건 당연한 일이었다.

오른편엔 입구도, 천막도 없었다. 열을 맞춘 사람들은 삼삼오오 모여 이야기를 나누고 있거나 담배를 피웠다. 때때로 왼편을 향해 욕설도 내뱉었다. 누군가가 "저런, 씨발!"이라고 욕을 하면 다른 누군가가 맞장구를 쳐줬다. "우린 저들과 달라!" 그러나 그들 역시 묘하게 들떠 보였다. 여기는 또 무엇을 위해 모여 있는 걸까? 열쇠와 양과 번개는 아무리 생각해도 이유를 알 수가 없었다. 어리둥절한 얼굴로 돌아다니고 있는 셋에게 어떤 여자가 종이를 내밀었다. 전단지엔 코끼리가 크레인에 의해 끌어올려지는 장면이 그려져 있었다. 장면 아래에는 '이래도 보고만 있을 겁니까?'라는 문장이 적혀 있었다. 질색하며 보던 번개가 여자에게 물었다. "이게 다 무슨 뜻이에요?" 여자는 대답하지 않았다. 번개의 입가에 묻은 피자 소스를 쳐다보곤 픽 웃더니 가버렸다. 번개가 욕을 하려고 했지만 열쇠가 막았다. 이곳에선 어떤 말을 하든지 신중해야만 할 것 같았다.

음식을 팔지도, 게임을 하지도 않았기 때문에 관찰할 것이라고는 사람들뿐이었다. 그들은 자주 주먹을 쥐고 목소리를 높였다. 양은 고개를 갸웃거렸다. "화내려고 모였나 봐." 열쇠가 제 주머니를 뒤적거리더니 한숨을 쉬었다. "담배가 떨어졌어." 셋은 담배를 피우고 있는 남자들에게로 다가갔다. 그리고 담배 한 대를 부탁했다. 그들은 눈을 가늘게 뜨며 셋을 위아래로 훑어봤다. 마침 확성기를 든 남자가 외쳤다. "남녀노소 함께해야 합니다!" 번개가 손을 내밀어 보였다. "들었죠?" 남자들이 낄낄 웃더니 손을 저어 보였다. "애들은 가."

셋은 투덜거렸다. 어른들은 다 똑같아.

오른편은 왼편보다 재미없었다. 자리를 벗어나려던 찰나, 별안간 함성이 터져 나왔다. 우우! 자세히 들어보니 그건 야유였다. 오른편 여기저기에서 사람들이 벌떡 일어나 방방 뛰기 시작했다. 왼편의 무대 주변 사람들도 똑같이 뛰었다. 콘서트장에서 환호를 지르는 관객들처럼. "왜 저래?" 두리번거리던 셋은 우두커니 멈춰 섰다. 굴삭기와 덤프트럭이 오던 방향에서 육중한 기계 한 대가 접근하고 있었다. 빨간색의 거대한 크레인. 움직일 때마다 덜렁대는 갈고리 장치가 흉물스러웠다. 크레인을 보며 셋은 같은 생각을 했지만 입 밖으로 꺼내진 않았다. 안 돼, 절대로 살아남을 수 없을 거야.


망설이지 마. 겁이 나면 사탕을 씹어봐. 골목길 구석에 숨어서 아빠는 끊임없이 매리에게 속삭였다. 그리고 차가 다가오기를 기다렸다. 매리는 무서웠다. 만약 차 앞으로 뛰어들었을 때 어딘가가 부러지거나 피가 난다면? 아빠는 그럴 때마다 매리의 양어깨를 감쌌다. 작고 축축했던 손. 어쩐지 그가 울고 있는 것 같은 기분이 들게 했던 손. 매리는 용기를 냈다. 어떻게든 낼 수밖에 없었다.

차가 가까워지면, 아빠는 매리의 입에 사탕을 넣어줬다.

오도독. 매리는 사탕을 씹으며 그대로 돌진했다. 끼이익! 매번 차는 매리를 치기 직전에 겨우 멈춰 섰다. 매리는 입안에 퍼지는 단맛을 음미하며 바닥에 쓰러졌다. 할 일은 거기까지였다. 남은 일은 아빠의 몫이었다. 일단, 매리의 이름을 크게 부르며 울었다. 울음소리는 구경꾼을 모았다. 그리고 할 수 있는 만큼 몸을 버둥거렸다. 내가 얼마나 작은지, 내 아이가 얼마나 작은지를 봐달라는 듯이. 운전자는 우선 허둥대기에 바빴다. 그 상황에서 누구의 잘못인지는 중요하지 않았다. 누구의 잘못으로 보이는지가 중요했다. 구경꾼들의 눈은 세상에서 가장 작아 보이는 두 사람에게로 향했다. 어쩔 수 없이 운전자는 돈을 건넸다. 심지어 사과할 때도 있었다. 무엇이 잘못인지도 모른 채.

성공적으로 일을 마친 날엔 아빠는 항상 매리와 외식을 했다. 볼이 미어질 정도로 음식을 우물대고 있으면, 머리 위로 아빠의 손이 얹어지곤 했다. 너가 있어서 다행이야. 축축하지 않고, 따뜻하고 보송한 손. 그 감각은 그동안 눌러왔던 의문을 내뱉고 싶게 만들었다. 아빠, 다들 이런 거예요? 때때로 매리도 의심이 생겼다. 아빠와 살아가는 삶이 반듯하지 않다는 느낌이 들었다. 그러나 묻지 않았다. 그럴 필요가 없었다. 이따금 음식점 안에 있는 다른 가족들을 보면 의심이 풀렸으니까. 음식을 나눠 먹으며 어린 자식을 쓰다듬어주는 부모의 모습은 매리와 아빠의 모습과 별다를 바 없었다. 그게 참 좋았었다. 남들과 크게 다르지 않은 삶에 아빠와 속해 있다는 사실이.

왜 맨날 나야? 매리는 그들을 내쫓은 집주인과 함께 집으로 들어가는 게 싫었다. 집주인이 옷을 벗고, 몸 위에 올라타는 것도 싫었다. 땀이 번들거리는 큰 손이 몸을 만지는 것도 싫었다. 매리의 항의에 셋이 눈을 동그랗게 떴다. 너가 들어오기 전에 우리는 여러 번 했었어. 너가 한 백번쯤 더 해야 공평할걸? 매리는 100이라는 숫자를 짐작해봤다. 어쨌거나 자신이 해온 것보다는 많은 숫자일 거라는 생각이 들었다. 사전에서 '공평'이라는 단어도 찾아봤다. 그러나 선뜻 이해되지 않았다. 간혹 세상엔 그런 단어들이 있었다. 아무리 읽어도 이해가 되지 않는 것들이. 담배 맛과 같은 그런 단어들이. 누군가가 매리의 입에 사탕을 넣어주며 말했다. 자, 할 수 있어. 사탕을 쪽쪽 빨며 매리는 수긍했다. 단맛을 느꼈으니 해야 할 일은 해야 했다. 이런 게 공평이구나? 매리의 물음에 셋은 묘하게 웃었다.

컨테이너 밖은 점점 더 시끄러워졌다. 때로는 웃음소리가, 때로는 옥신각신하는 소리가 들려왔다. 그럴수록 매리는 잠이 몰려왔다. 두려움은 한때뿐이었다. 이젠 아무래도 좋아. 낮이 사라지고 밤만 이어지는 무기력한 공간에서 할 수 있는 일이란 그저 자는 것이었다. 잠이 들면 늘 같은 꿈을 꿨다. 아빠와 함께했을 때 날마다 꿨었던, 추락하는 꿈. 계단 위에서 구르거나, 가파른 산을 오르다 발이 미끄러지거나. 바닥에 부딪히기 직전, 간신히 깨어나곤 했다. 그 꿈을 꾸고 나면 무릎이 쿡쿡 쑤셨다. 참기 어려우면 사탕을 먹었다. 언젠가 꿈 이야기를 했을 때, 아빠는 재미있는 농담을 들은 것처럼 웃었다. 키라도 크려나. 어디서 떨어지는 꿈은 키가 크는 꿈이라고도 덧붙였다. 이내 그가 고개를 저었다. 너는 나를 닮았으니 그건 아니겠지. 매리도 고개를 저었다. 그럴 리가요.

언제나 아빠와 같았으면 했다. 절대 자라고 싶지 않았다.


그날도 차가 다가오고 있었고, 매리는 뛰어들 준비를 했다. 오도독, 사탕을 씹으며 달려 나간 매리의 귓가엔 끼이익, 하는 마찰음 대신 처음 듣는 소리가 들렸다. 쾅! 몸이 붕 떠올랐다. 입안에 퍼지는 사탕은 달콤하지 않았고, 비릿했다. 차는 급정거하지 않았다. 그대로 매리를 치고 지나가버렸다.

바닥에 쓰러진 매리는 눈을 감고 있었다. 그러다 눈을 떴을 땐, 아무도 보이지 않았다. 오로지 지독한 고통만이 몰려왔다. 처음으로 겪는 아픔은 무서울 정도였다. 아파요, 진짜로요. 곁눈질로 아빠를 찾았다. 지금이야말로 아빠가 필요했고, 도와줄 것이라 믿었다. 아빠는 항상 몸을 숨기고 있는 장소에 있었다. 하지만 매리를 보지 않고 뺑소니차가 가버린 방향만을 보고 있었다.

한참이 지나고 나서야 아빠가 주춤주춤 다가왔다. 그는 매리를 업으려다가 멈췄다. 어느덧 매리는 아빠의 키를 훌쩍 넘어 있었다. 몸집도 두 배로 커져 있었다. 믿을 수 없다는 듯이 아빠가 말을 이었다. 너는 나를 닮지 않았어. 넋이 나간 얼굴엔 약간의 배신감도 스쳐 지나갔다.

아빠는 매리의 팔을 끌어당겨 일으켜 세운 뒤 부축을 했다. 매리는 눈물을 뚝뚝 흘리며 원망했다. 어떻게 나한테 이래요? 집에 도착하고 나서야 아빠는 힘겹게 말을 했다. 어떻게 너한테 그랬을까? 듣기 싫어진 매리는 아무렇게나 드러누웠다. 그리고 끙끙 앓았다. 열과 오한이 오락가락했다. 매리는 앓는 틈틈이 이마에 닿는 작은 손을 느낄 수 있었다. 아파 죽겠어요. 저도 모르게 하는 말에 아빠는 일일이 대답을 해줬다. 죽는다는 소리는 하는 게 아니야. 너무 아파서 울면 입

안으로 사탕이 들어왔다. 힘이 없어서 사탕을 뱉어버리면 아빠는 사전을 읽어줬다. 알고 있는 자장가가 없어서였다. 사전을 읽으면서 아빠는 간혹 말을 멈추곤 했다. 이건 정말 어렵구나. 그는 사전에 풀이된 단어의 뜻이 이해되지 않을 때면 자신만의 방식으로 설명해줬다. 예를 들어, 아빠는 여덟 개의 의미를 가진 '세상'을 한 문장으로 바꿔 말했다. 이해했다 싶었지만 결국 이해하지 못한 사전 같은 것. 열에 시달리면서도 매리는 웃었다. 정말 그 말이 맞아요. 가까스로 열이 떨어져 잠에 빠져들기 직전에 아빠가 했던 말은 아직까지 생생했다. 봄날이 언제 올까.

긴 잠을 자고 일어나니 아빠는 없었다. 머리맡에는 사전과 사탕 봉지들이 쌓여 있었다. 매리는 사탕을 먹으며 아빠를 기다렸다. 몸은 회복되었지만 아빠는 돌아오지 않았다. 고민하던 매리는 사전과 마지막 사탕 봉지를 들고 집을 나섰다. 설명을 할 수 없는 어떤 간절함이 그 어딘가로 매리를 이끌고 있었다.


날이 어두워지자, 철로 왼편과 오른편 모두 불을 밝혔다. 왼편은 갖가지 색깔의 전등을 켰고, 오른편은 횃불을 피웠다. 양쪽의 분위기는 고조되었다. 번개와 양과 열쇠는 컨테이너 개구멍 앞에서 주저앉아 있었다. 굴삭기와 덤프트럭과 크레인을 컨테이너에 바짝 붙어 주차한 기사들은 무엇인가 심각하게 의논 중이었다. "일단 뚜껑을 열어야 해."라는 말이 들렸다. 왼편에서 누군가가 외쳤다. "힘내세요!" 기사 중 한 사람이 손을 흔들어 보였다. 오른편에서도 누군가가 외쳤다. "엿먹어!" 다른 기사가 가운뎃손가락을 치켜올렸다.

"다들 놀고 있네." 양의 눈이 왼편과 오른편과 기사들을 차례로 노려봤다. 번개가 웃었다. "너라고 다른 줄 알아?" 열쇠도 가만있지 않았다. "그러는 너는?" 셋은 서로를 노려보다 이내 그만두었다. 셋은 머릿속으로 크레인이 매리를 끌어올리는 모습을 상상해봤다. 누군가 말했다. "도망칠 순 없을까?" 그건 불가능했다. 그 누구도 컨테이너에서 매리를 끌어낼 수 없었기 때문에 크레인을 부른 거였으니까. "이제 우리가 할 수 있는 건 없어." 양의 말을 끝으로 또다시 조용해졌다. 셋 사이엔 할 수 있는 어떤 말도 남아 있지 않았고, 어떤 말 따위도 의미가 없었다.

나름 정당한 명분을 내세웠던 장난은 언제부턴가 장난이 아니게 되었다. 번개와 열쇠와 양과 매리는, 불을 지르는 흉내로만 만족하지 못했다. 더 부끄러워지길 원해, 더 잃기를 원해. 그들은 벌거벗은 집주인이 대문 밖에서 애원하는 동안 피워놨던 불을 끄지 않았다. 매리가 옷을 추스르고 나오면 불길을 더 키웠다. 다, 태워버리자. 거센 불은 천천히 그러나 빠르게 집을 집어삼켰다. 타오르는 집을 바라보면서 집주인은 아이처럼 울었다. 어느 순간에서도 다리 사이를 가리고 있던 두 손으로 바닥을 내리쳤다. 더 이상 맨몸을 부끄러워할 정신도 틈도 없어 보였다.

열쇠가 콧방귀를 뀌었다. 아직도 부족해. 열쇠는 자신의 아빠가 울고 있는 집주인과 똑같았다고 말했다. 틈만 나면 내 옷을 벗겼던 개자식이었어. 번개가 조소했다. 차라리 옷을 벗기는 게 나아. 번개의 아빠는 무심했다. 번개의 새엄마가 번개를 때리고, 굶겨도 몰랐다. 모른 척했던 거야, 그 개자식. 양은 둘을 비웃었다. 너넨 그래도 있긴 있었네. 양은 할머니와 살았다. 할머니는 양을 앉혀두고 날이면 날마다 도망가버린 양의 부모를 욕했다. 그리고 그 욕은 언제나 양의 출생을 비난하는 것으로 끝났다. 왜 나한테까지 지랄이냐고. 셋은 동시에 외쳤다. 다 똑같아, 다 똑같다고! 매리는 타오르는 집을 지켜만 봤다. 자신도 무언가를 이야기하고 싶었다. 너희들의 말이 맞아, 다 그 모양이지, 라고. 그러나 매리는 엄마에 대한 기억이 없었다. 아빠를 떠올리면 생각나는 건 단 한 가지였다. 그것은 작은 손발도, 작은 키도, 느닷없는 사라짐도 아니었다. 조각조각 부서질 때조차 달콤한 사탕. 그게 전부였다. 하지만 아무래도 이건 말하지 않는 것이 좋겠다고, 매리는 그렇게 마음먹었다.

신고를 받고 출동한 소방차의 사이렌 소리가 들려오자 다들 웃음을 멈췄다. 그들은 각자 담배를 꺼냈다. 매리도 사탕을 꺼냈다. 오늘도 수고했어. 축배를 들듯 담배 세 대와 사탕이 맞부딪쳤다.


뚜껑을 연다는 뜻은 컨테이너 윗면을 잘라 제거한다는 의미였다. 셋은 지금이야말로 매리를 마지막으로 만날 수 있는 기회임을 직감했다. 그들은 남은 돈을 털어 사탕을 샀다. 그리고 안으로 들어갈 사람을 고르기 위해 가위바위보를 했다. 승자는 쉽게 가려지지 않았다. 거짓말처럼 연달아 같은 것을 냈다. 기사들이 하나둘씩 컨테이너 위로 올라가는 것이 보였다. 다급해진 셋은 한꺼번에 들어가기로 했다. 번개, 열쇠, 양의 순이었다.

컨테이너 안은 쥐 죽은 듯 조용했다. 셋이 매리의 앞에 섰을 때, 컨테이너 위에서 발걸음 소리가 들렸다. 초조함을 누르며 셋은 매리를 불렀다. 매리는 말이 없었다. 놀란 열쇠가 손을 뻗어 매리의 얼굴에 가져다 댔다. 고른 숨결이 닿았다. 셋은 허탈해하며 각자의 주머니에서 사탕을 꺼냈다. 먼저 번개가 매리의 셔츠 앞주머니에 사탕을 넣어줬다. "너가 제일 좋아하는 과일 맛이야." 열쇠와 양도 과일맛 사탕을 넣어줬다. 그래도 매리는 미동이 없었다. 셋은 다행이라고 생각했다. 차라리 이대로 깨어나지 않으면 좋겠어. 양이 주저하다가 말했다. "대체 왜 그랬어." 셋은 이렇게도 말하고 싶었다. 예상치 못한 방향으로 일이 굴러가버린 것은 우리 탓이 아니라고.

더는 머무를 수 없었다. 셋은 매리가 깨지 않도록 조심스럽게 몸을 움직였다. 개구멍을 통해 들어왔던 순으로 나갔다. 마지막으로 양이 나가려던 찰나, 졸음기가 남은 목소리가 들려왔다. "또 올 거야?" 양은 앞서 나간 둘이 미워졌다. 그래도 밝게 대답했다. "당연하지." 부스럭거리며 사탕 뜯는 소리와 함께 매리가 또 물었다. "아직 봄이야?" 양은 매리에게 근사한 대답을 해주고 싶었다. "아니, 축제야." 매리는 그것이 이제껏 양이 했던 무수한 거짓말 중 최고라고 생각했다. 설령 거짓말일지라도 믿고 싶어지는 말이었으니까.


몇 달 전이었다. 넷은 정처 없이 헤매고 있었다. 불을 지르고 다닌다는 소문이 너무 많이 퍼져 있었다. 화재로 집을 잃은 집주인들은 사람들에게 호소했다. 단지 갈 곳 없는 넷에게 작은 친절을 베풀었을 뿐이었다고. 넷은 억울했다. 우리도 당한 게 있다고! 그러나 누구도 그들의 말을 믿어주지 않을 것을 알았다.

좀처럼 받아주는 집을 찾을 수가 없었던 넷을 반겨준 건 컨테이너의 주인이었다. 그는 왼쪽 다리를 저는 사람이었다. 혼자 살기에 좁은 공간에도 주인은 그들을 들였다. 그는 여느 집주인들과 달랐다. 옹기종기 모여 앉아 있을 때도 넷과 떨어져 앉았고, 넷을 만지지도 않았다. 그즈음 이미 100킬로그램이 넘어선 매리의 몸집에도 불평하지 않았다. 그는 종일 나가 있다가 돌아올 때면 맛있는 음식을 사와 나눠 먹었다. 그리고 나란히 누워 잠을 잤다. 상냥한 사람이었지만, 그 때문에 다들 불안해했다. 어느 날은 열쇠가 불쑥 따져 물었다. 우리를 왜 받아 줬어요? 그는 말없이 웃기만 했다. 그의 반응에 매리를 제외한 세 명은 속을 알 수 없다며 기분 나빠했다.

매리는 그와 있으면 잃어버렸던 무언가를 되찾은 느낌이 들었다. 때문에 매리는 모두가 잠든 틈을 타 그에게 묻곤 했다. 정말, 왜 받아줬어요? 그는 매리의 머리를 쓰다듬어줬다. 그의 손길은 어쩐지 편안하고 친숙했다. 글쎄, 너희의 기분을 조금은 짐작할 수 있으니까? 매리는 그 자리에서 '짐작'이라는 단어를 사전으로 찾아봤다. 아무리 뜻을 읽어도 명확하게 이해가 되지 않았다. 사전은 매번 이런 식이야. 매리가 툴툴 대자 그가 웃었다. 어쩌면 짐작은 무엇이라고 설명할 수 없으니까, 그렇게 어려운 이름을 가지는 걸 거야. 그는 아빠처럼 쉽게 설명할 수 있었다. 매리는 그가 좋았다. 그가 시키는 대로 따라가면 그 끝에는 아빠가 건네주곤 했던 사탕의 달콤함만이 있을 것 같았다.

나머지 셋은 그를 도저히 이해할 수 없었다. 그래서 매우 수상쩍다고 했다. 분명 무슨 꿍꿍이를 숨기고 있을 거야, 틀림없어. 결국 셋은 매리를 붙잡고 말했다. 아무래도 우리가 선수를 쳐야겠어. 매리는 동의하지 않았지만 셋에게 미움을 받기 싫었다. 나머지 셋이 그가 자고 있는 동안 매리를 남겨두고 빠져나갔다. 망설이던 매리는 습관처럼 자신의 옷을 모두 벗은 뒤, 그의 옷도 벗기기 시작했다. 그러다 별안간 멈췄다. 난생처음으로, 시키는 대로 하기가 싫었다.

그럼 어떻게 해야 하지? 매리가 그를 내려다보고 있던 찰나, 컨테이너 주변에 불을 지폈는지 매캐한 냄새가 풍겼다. 불이야! 양의 목소리에 그가 눈을 떴다. 당황한 그는 매리의 몸과 자신의 몸을 번갈아 보다가 상황을 파악했다. 어떻게 이럴 수가 있어! 경멸의 눈초리로 매리를 노려보던 그가 허둥지둥 밖으로 나가려고 하자 매리가 붙잡았다. 나가면 안 돼요! 그는 매리와 실랑이를 벌였다. 놓아달라고, 나가야 한다고 소리쳤다. 그러나 매리는 그가 맨몸으로 나가길 바라지 않았다. 이제껏 만난 사람들과 달랐으니까. 그러니까 같은 일을 당하게 만들 수 없다고 생각했다. 안 돼, 나가면 안 돼. 연기가 컨테이너를 채웠고 그는 콜록대더니 점점 힘을 잃었다. 매리는 그를 힘껏 끌어안았다. 곧이어 매리 역시 힘이 풀렸다. 밖에서 비명과도 같은 세 명의 목소리가 들렸다. 왜 안 나오는 건데! 그 소리를 끝으로 매리는 정신을 잃었다.

개구멍에서 나온 셋은 멀찌감치 컨테이너에서 떨어졌다. 컨테이너 위에선 사람들이 전기톱으로 컨테이너 윗면을 절단하고 있었다. 키이잉! 하는 소리와 함께 불꽃이 튀었다. 왼편의 사람들과 오른편의 사람들이 흥분해서 철로 가까이 다가왔다. 그리고 윗면이 완전히 절단된 순간, 사방에서 사진기의 셔터가 눌려졌다. 왼편이든 오른편이든 모두 똑같은 셔터 소리들. 그건 진심으로 셋을 두렵게 만들었다. 셋 중 누군가가 "무서워."라고 말하자 서로 손을 맞잡기 시작했다. 꽉 손을 잡은 채로 셋은 윗면이 휑하게 드러난 컨테이너를 바라봤다.

드디어 매리가 보였다.

매리가 컨테이너에서 빠져나오지 않았던 날, 번개와 열쇠와 양은 점점 거세지는 불길을 끄기 위해 안간힘을 썼다. 그러다 소방차가 다가오는 소리에 급히 몸을 숨겼다. 일은 거기서부터 꼬였다. 소방차는 비교적 쉽게 화재를 진화했다. 그러나 컨테이너 문의 걸쇠가 녹아 진입할 수는 없었다. 문 대신 개구멍을 통해 컨테이너 안으로 들어갔던 소방관은 기겁하며 다시 밖으로 나왔다. 거대한 누군가가 컨테이너 주인을 깔아 뭉개고 있다고 설명했다. 마치, 코끼리한테 깔린 것 같았어. 너무 무거워서 치워낼 수 없었다는 말도 덧붙였다. 머리를 맞대고 의논하던 소방관들은 어떤 소식을 들었다. 근래에 벌어지던 방화 사건과 흡사한 수법이라는 것이었다.

수십 채의 집을 태운 방화범. 그때마다 목격자들에게 언급되던 거대한 누군가. 그 방화범이 매리라는 소식은 순식간에 퍼져나갔다. 그 방화범이 기어이 누군가를 죽여버렸다는 소식도 얹어져서였다. 사람들은 분노했다. 이대로 두면 안 된다고, 또 집을 태우거나 누군가를 죽이기 전에 당장 끄집어내야 한다고. 매리에 대한 소문은 매리의 몸집만큼 부풀려졌다. 공포 앞에서 진실은 중요하지 않았다. 그리고 매리에 대한 공포는 크레인을 동원해서라도 끌어 올려야 한다는 결론이 나게 했다. 매리가 유명 인사가 되어가는 과정을 보면서도 셋은 나설 수가 없었다. 우리도 했어요, 라고 할 수도 없었다. 그저 숨어 지내다 매리가 견딜 수 있도록 남들 몰래 사탕을 넣어줬다. 셋은 그것이 최선의 일이라고 믿었다.

전과 다른 공기가 느껴지자, 매리가 눈을 떴다. 위를 올려다보니 하늘이 보였다. 얼마 만에 보는 하늘일까. 컨테이너 밖은 안과 다를 줄 알았지만, 똑같이 어두웠다. 어째서 밤은 끝도 없이 이어지는 걸까. 그런 생각을 하며 매리는 또 졸았다. 주변의 소음은 이제 매리에겐 상관이 없는 것으로 느껴졌다. 어김없이 추락하는 꿈을 꿨다. 전과 다른 점이 있다면, 이번엔 바닥에 부딪히기 직전에 깨어나는 것이 아니라 바닥에 그대로 부딪힌다는 점이었다. 쾅! 뼈가 부러지고 살이 터지고 피가 흘러나왔다. 아파, 아파! 매리는 소리를 질렀다. 추락이 이렇게 무서운 건지 몰랐다. 바닥에 부딪히고 나서야 추락을 이해했다는 것이 슬펐다. 한참을 허덕이고 있는데 입안으로 달콤한 무언가가 들이밀어졌다. 사탕이었다. 황급히 사탕을 깨물며 매리가 흐느꼈다. 그래도 아픔은 더 나아지지 않았다. 그 순간 매리는 사전을 간절히 원하게 되었다. 그리워하게 되었다. 보고 싶어요. 마냥 보고 싶었다. 누가 뭐래도 사전이, 그리고 그 누군가가 보고 싶었다.

컨테이너 안에 갇혀 있는 나날 동안 매리는 무럭무럭 커졌다. 번개와 열쇠와 양이 주는 사탕만을 먹는데도 키도 몸도 자랐다. 셋은 사탕을 줄 때마다 매리에게 당부하곤 했다. 이건 너 때문인 거 알고 있지? 매리는 별다른 대꾸를 하지 않았다. 언젠가 셋이 말하던 '공평'이라는 단어를 되돌려주고 싶은 기분만 들었다.

컨테이너 크기만큼 몸이 커지면서, 끌어안고 있던 남자의 몸을 점점 깔아뭉개고 있는 형태로 바뀌었다. 그는 꽤 오랫동안 살아 있었다. 매리의 몸 아래에 깔린 그는 숨을 가쁘게 쉬었다. 덕분에 매리의 엉덩이는 축축해졌다. 가끔 그는 매리에게 말하기도 했다. 이건 다 너 때문이야, 이렇게 만든 건 전부 너의 잘못이야. 매리는 대답 없이 고개만 저었다. 아니야, 나는 시키는 대로만 했을 뿐이에요. 시간이 지날수록 짓눌린 그의 몸은 매리의 몸 안으로 더 깊숙이 파고들었다. 그럴수록 내쉬는 숨은 미약해졌지만, 그의 박동은 더 생생하게 전해졌다. 심장이 두 개가 된 것처럼 큰 박동 소리가 났다. 쿵, 쿵, 쿵. 매리는 문득 엄마의 배 속에 있는 아기의 기분이 이런 것일까 싶었다. 편안했다. 그러다 그의 숨소리도, 박동소리도 모두 멎었을 때. 그리고 컨테이너 한구석, 불에 타버린 사전을 발견했을 때. 비로소 매리는 울며 소리쳤다. 맞아, 모든 건 다 나 때문이야.

매리가 번쩍 눈을 떴다. 몸이, 떠오르고 있었다.

매리는 눈을 크게 뜨고 주변을 두리번거렸다. 아무것도 느끼지 못했었는데 어느덧 온몸엔 쇠사슬이 칭칭 감겨 있었다. 감긴 쇠사슬을 끌어 올리는 갈고리는 소름 끼치도록 차가웠다. 몸이 붕 떠오르고, 아래에선 쉴 새 없이 빛이 반짝였다. 빛은 위에서도 반짝였다. 팡, 팡 터지는 폭발음과 함께 하늘에 다양한 색의 빛깔들이 나타났다가 사라졌다. 아, 축제가 이런 건가. 새삼 양이 했던 말이 떠올랐다. 아래는 시끄러웠다. 와아, 하는 소리와 박수 소리, 우우 거리는 야유 소리가 마구 뒤섞여 들려왔다. 뭐라고 하는 거야? 자세히 듣고 싶었지만 매리는 숨이 막혔다. 쇠사슬이 사정없이 몸을 파고들었다. 시야가 희미해지고, 쇠사슬이 조여지는 몸 어느 부분에서부터 기묘한 통증이 번졌다. 숨 막혀, 아파, 살려줘. 누군가에게 이야기하고 싶었지만 목소리는 나오지 않았다. 왜 중요한 순간엔 언제나 목이 막히는 걸까. 어떠한 말도 할 수가 없는 걸까.

매리는 말하는 대신 필사적으로 팔다리를 휘저었다. 그러면 다들 나를 도와주지 않을까. 하지만 누구도 도와주지 않았다. 눈물이 줄줄 흘렀다. 꺽꺽대며 숨을 내뱉었다. 가물거리는 의식 속에 매리는 언뜻 번개와 열쇠와 양과 같은 인영(人影)을 발견했다. 그들은 동시에 똑같은 동작을 해 보이고 있었다. 자신들의 가슴께와 입을 번갈아 가리키는 것 같았다. 아, 사탕. 비로소 사탕을 떠올린 매리가 힘을 끌어 모았다. 그리고 손을 옮겨 셔츠 앞주머니에 들어 있는 사탕을 집었다. 셋이 채워주었던 사탕들이었다. 별안간 매리는 말하고 싶어졌다. 담배만 빠는 애들이 사탕 맛을 알겠냐고.

매리가 사탕을 입에 넣었다. 그리고 견디기 위해 오도독 씹는 순간, 괴롭히던 통증 대신 어떤 소리가 들렸다. 우두둑. 몸 어딘가의 뼈가 부서지는 소리는 사탕이 부서지는 소리와 다르지 않았다.*

* 1916년 미국 테네시 주 어윈에서 벌어진 코끼리 Big Mary 사건을 모티프로 사용하였음을 밝혀둔다.

파파(派派)

최초의 발견은 '모'에 의해서였다. 세계의 붕괴를 누구보다도 먼저 글로 기록했던 소년. 모는 라디오 방송을 통해서 처음 그 존재가 알려졌다. 청취자들의 사연을 소개해주는 코너에서였다. 모든 것이 조각나 보여요. 모가 편지로 써서 보낸 사연의 첫 문장이었다. 언제부턴가 그렇게 보이기 시작했어요, 아무도 믿어주지 않지만 틀림없이 무너질 거예요, 전부 부서지기 전에 갖고 싶어요, 세상에 갖을 것이 많고 저는 다르니까요. 짧은 사연을 읽고 나서 방송진행자가 웃었다. "위인들은 어렸을 때 엉뚱한 상상을 하곤 했죠." 격려 차원에서 문화상품권이 선물로 보내졌다.

후일 정말 세계가 조각났을 때, 대피소로 향하는 버스 안에서 진행자는 불현듯 모의 사연을 떠올렸다. 만약 그 이야기를 믿었더라면 뭔가가 달라졌을까? 순간, 버스가 크게 기울었다. 승객들이 울부짖었다. 진행자는 두 손을 맞잡았다. 이미 일어나버린 일 앞에선 과거의 어떤 사실도 중요하지 않았다.

이윽고 버스가 지면에 갈라진 틈 안으로 떨어졌다.

*

모는 항상 이면지를 엮어 만든 노트를 가지고 다녔다. 그리고 물건을 주울 때마다 빨간색 볼펜으로 그것의 종류와 주웠던 날짜, 장소 등을 적곤 했다. 기록하는 물건의 개수는 날마다 달랐다.

가장 많은 물건을 주웠던 날은 몇 년 전 크리스마스이브의 고속버스터미널에서였다. 혼잡한 틈을 비집으며 모의 어머니는 부지런히 물건을 주웠다. 바닥에 떨어진 목도리, 화장실 휴지 걸이 위에 두고 간 휴대폰, 의자 위에 놓인 쇼핑백. 닥치는 대로 물건을 쓸어 담으면서 어머니가 거듭 말했다. "잠깐 빌리는 거야." 손에서 한 번 놓은 물건은 버린 것이나 다름이 없다고도 했다. 그날 밤, 모는 벗어놨던 안경과 노트를 들고 가족이 잠든 단칸방을 빠져나왔다. 그리고 담벼락 옆 가로등 아래에 서서 노트에 그날 주웠던 물건들을 적었다. 어른이 되면 갚아나가야 할 것들이었다. 아버지나 어머니는 절대 갚지 않을 테니까. 목록을 적고 나면 주문처럼 중얼거리곤 했다. "나는 달라." 노트를 덮은 뒤엔 꼭 안경을 썼다. 흐릿했던 시야가 한층 선명해졌지만, 풍경은 조각난 것처럼 보였다.

모의 안경은 노트에 첫 번째로 적었던 물건 때문에 망가졌었다. 입학을 앞두고 있던 모는 책가방이 필요했다. 아버지는 모를 도로변 근처 학원가로 데리고 갔다. 그는 수업을 마치고 귀가하는 아이들을 한 명씩 가리키며 물었다. "어떤 게 좋으냐?" 모가 망설이자 그는 자신의 주먹을 모의 이마에 댔다. "빨리 결정해." 겁이 난 모는 아무나 골라잡았다. 공룡 캐릭터 가방을 메고 있는 또래의 아이였다. 아버지는 아이를 가로막아 섰다. "가방 좀 빌리자." 갑작스러운 상황에 아이는 멍하니 입만 벌렸다. 그러다 아버지에게 목덜미를 잡힌 채 가방을 빼앗겼다. 모는 도망치면서 뒤를 한 번 돌아봤다. 여전히 그 자리에 서 있는 아이의 바지 사이가 조금씩 젖어 들고 있었다.

집에 도착하자마자 모는 책가방을 던져버렸다. "이렇게 살기 싫어요." 말이 끝나기 무섭게 아버지가 모를 발로 찼다.

쾅! 바닥에 나동그라진 모의 몸 위로 발길질이 이어졌다. "그럼 죽던가." 개새끼, 모는 속으로 욕을 했다. 절대로 소리 내어 말하진 않았다. 새어나가는 즉시 정말로 죽고 말 테니까. 무심코 하늘을 올려다본 모가 감탄했다. "하늘에 금이 갔네." 세상이 수십 개의 조각을 이어 붙여 만든 것처럼 보였다. 아버지의 발길질에 의해 금이 간 안경알 때문이었다. 건드리면 와르르 무너질 것만 같은 광경. "차라리 다 부서져버려." 모는 눈가를 타고 흐르는 뜨거운 무언가를 손등으로 닦았다. 눈물인가 싶었는데 피였다. 눈물과 피의 온도는 크게 다르지 않았다.

대피령이 떨어졌다. 살기 위해서는 떠나야만 했다. 처음에는 선에 불과했다. 지면은 가뭄이 들어 바짝 마른 논밭처럼 보였다. 그러나 선은 조금씩 굵어져 틈이 되었다. 틈은 점차 크기를 불렸고 어른의 팔뚝 길이만큼 간격이 넓어졌다. 장소도 가리지 않았다. 모랫바닥, 자갈 바닥, 시멘트 바닥, 아스팔트 바닥. 바닥이란 바닥은 모두 균열이 갔다. 벌어진 틈 사이로 빠지면 어떻게 되는지 아무도 알 수 없었다. 틈 속 어둠엔 끝이 없었다. 자진해서 틈 안으로 들어가봤던 사람들은 고개만 절레절레 저었다. "바닥이 없어."

이쯤 되면 할 수 있는 일은 없었다. 세계가 몽땅 집어삼켜지기 전에 조금이라도 더 단단한 장소로 가는 것 외에는. TV와 라디오는 지속적으로 대피소의 위치를 알렸다. "최소한의 짐만 꾸려 신속하게 대피하세요." 저마다 짐을 꾸리는 데엔 생각보다 오랜 시간이 걸렸다. 가지고 가야 할 것과 버리고 가야 할 것. 사람들은 그 기준을 정하지 못하고 갈팡질팡했다. 신어보지 못한 신발들을 늘어놓고 하염없이 서성이거나, 마지막까지 읽을 한 권의 책을 고르기 위해 담배를 연거푸 물곤 했다. 몇 달 전에 주택대출금을 갚은 중년 부부는 집 안 곳곳에서 느리게 사랑을 나눴다. 지난 구제역 때 200마리의 돼지들을 생매장했던 관리인은 축사 바닥에 번지고 있는 틈을 보며 울었다. "죽어라 살면 뭐 해!" 어렵게 짐을 챙겨 집을 나서는 사람들은 하나같이 부쩍 지쳐 있었다. 버리는 일이 그랬다. 결코 간단하지 않았다.

판자촌은 그늘이 드리워진 동네다. 거기에서도 특히 더 그늘진 구석. 그곳에 모가 사는 집이 있었다. 파란색 비닐 천막에 판자를 덧대어 만든 지붕 아래엔 아홉 개의 단칸방들이 다닥다닥 붙어 있었다. 단칸방은 비좁았다. 벽지엔 곰팡이가 무늬처럼 슬어 있었다. 남녀 구분이 없는 화장실과 오래된 휴대용 가스버너가 있는 부엌은 공동으로 사용했다. 그러나 냉장고는 집주인 부부만 사용할 수 있었다. "더럽게 치사하네." 세입자들은 투덜거리며 괜히 냉장고를 열었다가 닫아보곤 했다.

방 한 칸에는 보통 한 명이 살곤 했다. 하지만 공동화장실 바로 옆에 위치한 마루 끄트머리의 방. 그 방에선 네 명의 식구로 이루어진 모의 가족이 살았다. 각자의 방에서 세입자들은 이따금 모의 가족을 생각했다. 발등 위를 기어가는 바퀴벌레를 발견했거나, 퀴퀴한 냄새가 유난히 짙거나, 비좁은 공간이 숨이 막혀오는 날이면 그랬다. 그들의 머릿속엔 노모와 십대 아들과 나란히 누워 있는 부부의 모습이 그려졌다. 남편은 아내의 가슴을 주무르고, 아내는 조용히 뿌리치고, 숨죽인 실랑이를 모른 척하던 아들도 노모의 가슴에 손을 대고, 노모는 세상모르게 잠들어 있는 그런 모습을. 가난과 허기에 시달리는 그들을 그럭저럭 견디게 하는 것은 다른 누군가의 초라함이었다.

대부분의 사람들이 떠났지만, 몇몇은 남았다. 단칸방 세입자들이 그 몇몇이었다. 초기엔 그들도 떠나고 싶어 했다. 그러나 짐을 싸다가 멈췄다. 챙길만한 것이 없었다. 버릴 것도 없었다. 그들의 삶은 지긋지긋한 단칸방을 닮아 있었다. 문득

그들은 잃을 것이 없는 삶을 살아내기 위해 굳이 떠나야 하는
지에 대한 의문이 들었다. 떠나는 것을 최대한 늦추면서 그들
은 틈만 나면 끼리끼리 모였다. 휴지를 들고 화장실 줄을 서
면서도, 여러 조각으로 갈라진 마당 바닥을 땅따먹기 하듯 뛰
어다니면서도 떠들었다. 그들의 이야기는 '아는 사람의 아는
사람에게서 들었는데,'라는 말로 시작되었다. "이틀에 한 끼
도 먹기 힘들대요." 몰려든 사람들로 인해 대피소 환경이 열
악하다고 했고, 그 때문에 별다른 소득 없이 집으로 되돌아온
사람도 많다고 했다. "돌아와보니 집이 싹 털려 있었대." 키
우던 개까지 없어졌다는 말에 누군가 물었다. "개는 왜 데려
갔을까?" 입맛을 쩝쩝 다시는 소리가 났다. "먹으려고 했겠
지, 뭐." 쑥덕거리다 보면 형편없는 대피소로 가지 않는 것이
더 나은 일로 여겨졌다. "역시 떠나지 않길 잘했어." 그러면
서도 서로 은근히 동태를 살피곤 했다. 누군가가 떠났는지 또
는 혼자만 남지는 않았는지 확인하기 위해서였다.

모의 가족도 남았다. 아버지는 쟁여놨던 술만 마셨다. 그
는 모든 일을 귀찮아하는 것 같았다. 심지어 살아내는 일마저
도. 어머니는 세입자들과 화투판을 벌였다. 손이 빠른 어머니
는 매번 비상식량 봉지를 따오곤 했다. 남아 있는 사람들을
위해 정부가 나눠준 배급품이었다. 봉지 안엔 콩과 건포도 같

은 견과류와 고기나 생선을 말린 포 따위가 들어 있었다. 모는 할머니와 비상식량을 나눠 먹으며 옆방에서 들려오는 라디오 방송에 귀를 기울였다. 방송을 담당하는 사람들도 떠난 모양이었다. 대피령을 알리는 녹음된 목소리만이 되풀이되고 있었다.

정말 이대로 다 죽게 되는 걸까. 모는 억울했다. 아버지와 어머니는 모보다 두 배, 할머니는 네 배나 더 살았다. 쥐포를 쭉쭉 빨며 할머니가 대꾸했다. "가는 덴 순서 없다." 아버지가 소주병 뚜껑을 따면서 빈정거렸다. "순서가 없긴 왜 없어." 할머니는 모만 볼 수 있도록 입을 뻐끔거렸다. 내 새끼지만 쌍놈의 새끼야, 태어났을 때부터 지금까지 쌍놈이 아니었을 때가 없었어. 소리 없는 말을 주절거리던 할머니가 가슴을 쳤다. "사나운 내 팔자." 그러는 제 팔자는요? 모는 그렇게 따져 묻고 싶었지만, 조용히 듣는 척만 했다. 할머니를 위해서 할 수 있는 최선의 일이란 그런 것이었다. 모는 언제나 최선을 다하고 싶었다.


태어났을 때부터 그랬다. 나빠져만 가는 생활. 나아짐보다는 덜 나빠짐을 기대해야 하는 나날들. 세 끼를 먹어본 적은 없어도 세 대 이상은 꼬박꼬박 얻어맞는 하루. 모를 둘러싼 삶은 그런 식이었다. "미쳐버리겠네." 모가 입버릇처럼 말할 때마다 어머니가 모의 머리를 쓰다듬어줬다. "더 나쁘게 사는 사람들도 많아." 다정한 손길을 받으면서 모는 소리치고 싶었다. 상관없어요, 어쨌든 우리는 밑바닥에 고여 있는 사람들이에요. 천천히 조금씩 썩어가는.

이렇게 살다가는 진짜 미쳐버릴 것만 같아서 모는 나름의 방법을 모색했다. 노트를 쓰고, 금이 간 안경으로 세상을 보고, 라디오 방송을 듣는 것이 그 방법이었다. 모는 라디오 방송을 즐겨들었다. 그래서 옆방 쪽 벽에 귀를 댄 채 시간을 보냈다.

옆방은 라디오방이라고도 불렸다. 단칸방 세입자들이 붙여준 그 별명처럼, 라디오방은 하루 종일 라디오를 크게 틀어났다. 이를 불평하는 사람은 없었다. 출근길의 도로 교통 상황을 전해주는 차분한 목소리는 누군가에게 알람이 되었다. 초가 흘러가는 소리를 내는 기계음은 누군가에게 시계가 되었다. 무엇보다도 세상에 일어나는 별의별 이야기들을 듣고 있다 보면, 단칸방의 생활이 '평범'이라는 단어와 멀지 않는 것 같았다.

판자촌엔 적막이 내려앉았다. 깊어지는 고요에 단칸방 세입자들도 동요했다. 들리는 소리라고는 자신의 심장 소리가 전부였다. 쿵, 쿵, 쿵. 심장이 귀 가까이에서 펄떡이는 것 같았다. 그들은 귀를 틀어막으며 불안해했다. "오고 있어. 커다란 무언가가." 날마다 울어댔던 길고양이나 떠돌이 개도 더는 없었다. 멋모르고 틈 주변을 알짱대던 짐승들은 발을 헛딛고 떨어지곤 했다. 깨갱, 깽, 깨개갱! 아래로 곤두박질치면서 내지르는 비명은 어떤 동물이든 똑같이 처절했다. 가냘픈 울음소리가 들리고 난 다음 날이면, 단칸방이 비워졌다. 그렇게 하나씩, 하나씩. 얼마 지나지 않아 절반이 떠났고, 어느덧 네 개의 단칸방에만 사람들이 남게 되었다. 그리고 또 하나씩, 하나씩. 더없이 화창했던 어느 아침엔, 아무도 없었다.

내내 잠잠했던 할머니가 몸을 둥그렇게 말았다. 그리고 어린 짐승처럼 약하게 끽끽 울었다. "가버렸어, 다 가버렸다고." 아버지가 시끄럽다며 술병을 집어 던져도 울음을 멈추지 않았다. 집에는 오직 모의 가족만이 덩그러니 남겨졌다. 그러고 보니 언제부턴가 라디오방에서도 방송이 들려오지 않았다.

모가 라디오 방송에 사연을 공모하게 된 건 상품 때문이었다. 사연 공모에서 1등을 하면 비행기에 태워서 바다 건너 다른 나라로 보내준다고 했다. 모는 비행기를 타고 외국의 해변을 걷는 자신을 상상했다. 아버지도 어머니도 할머니도 없는 낯선 나라에서 모는 이름을 바꿔버릴 것이다. 그 나라에서 가장 흔한 이름으로. "그리고 영원히 돌아오지 않을 거야."

채택되는 사연들은 대부분 사랑에 관한 것이었다. 모가 아는 사랑은 딱 하나였다. 아버지와 어머니는 정전된 지하철에서 만났다. 아버지는 1000원짜리 우산을 3000원으로 값을 올려 팔고 있었다. 어머니는 눈을 감고 작은 바구니를 든 채 지하철 안을 비틀거리며 걷고 있었다. 그러다 정전이 났다. 두 사람은 혼란 속에 누군가 떨어뜨린 지갑으로 동시에 손을 뻗었다. 아버지가 어머니의 손목을 움켜쥐었다. 우두둑, 손목이 뒤틀려도 어머니는 아랑곳하지 않았다. "이런 게 무서웠다면 진작 죽었어." 그러나 손목이 부어오르기 시작하자 자연스레 지갑을 놓고 말았다. 그래도 아버지는 어머니의 손목을 놓지 않았다. 그는 어머니를 끌고 병원으로 갔다. 주운 지갑으로 치료비를 지불했다. 병원에서 나온 두 사람은 근처의 여관으로 갔다. 그날 어머니는 모를 가졌다. 나중에 그 이야기를 전해 들은 모가 질색했다. "그게 뭐예요!" 어머니가 깔깔 웃었다. "원래 사랑이란 건 그런 거야." 처음으로 보낸 사연은 채택되지 않았다. 다들 사랑을 모르는 거라고, 모는 그렇게 생각했었다.

빈 단칸방들은 쓸모가 없었다. 아니, 그런 줄로만 알았다.

같이 화투판을 벌일 상대가 없어지자 어머니는 종일 마루에 앉아 멀리 보이는 건물을 구경했다. 판자촌과 얼마 떨어지지 않는 곳에 80층짜리 고층빌딩이 있었다. 고층빌딩은 반듯하지 못한 지반 때문에 서서히 기울어졌다. "언제쯤 무너질까?" 어머니는 웅장한 건물이 무너지는 모습을 목격하게 되기를 고대했다.

그러나 고층빌딩이 기울어지는 속도는 더뎠다. 지루해진 어머니가 빈방들을 뒤지기 시작했다. 쓸 만한 물건들은 좀처럼 보이지 않았다. 그러다 집주인 부부가 살던 안방에서 금팔찌를 발견해냈다. 어머니는 재빨리 팔찌를 찬 뒤에 흔들어 보였다. "이런 걸 버리고 갔네!" 창백한 피부 위에 걸쳐진 팔찌가 잘 어울려 보였다. 지켜보고 있던 아버지가 어머니에게 다가갔다. 그리고 손을 잡아 이끌고 안방으로 향했다. 어머니가 킬킬대며 따라 들어갔다. 할머니가 주책이라며 혀를 끌끌 찼다. 그러면서도 바람을 내비쳤다. "딸이면 좋지."

모는 묻고 싶었다. 결국 다 죽을 거야, 그래도 괜찮은 거예요? 하지만 묻지 않았다. 식구들에게 물으면 물을수록 괜찮지 않게 되는 것은 도리어 모 자신뿐이리라. 울적해진 모는 비워진 라디오방에서 따로 지내기로 했다. 옮겨가기 전에 할머니에게 물었다. "그런데 왜 딸이에요?" 할머니는 천장에 붙어 줄지어 이동하는 바퀴벌레들을 응시하고 있었다. "쟤넨 부모나 자식이나 똑같이 생겼어." 순간 바퀴벌레 한 마리가 균형을 잃더니 할머니의 다리 사이로 툭 떨어졌다. "악!" 모가 소리를 질렀지만 할머니는 평온했다.

라디오방엔 고시생이 살았었다. 그는 고시란 고시는 종류를 가리지 않고 치르는 사람이었다. 십 년 넘게 몰두했지만, 1차조차 통과해본 적이 없다고 했다. 가끔 주인이 팔짱을 끼며 말하곤 했다. "부질없긴."

모는 언젠가 고시생에 대해 사연을 쓴 적도 있었다. 웬만하면 고시생은 절대 방 밖으로 나오지 않았다. 하지만 간혹 모두가 잠들어 있는 한밤중엔 나오기도 했다. 방송이 흘러나오는 라디오를 꼭 끌어안고서. 그는 사방을 두리번거리며 집 마당을 천천히 돌았다. 모는 화장실을 가다가 그와 마주친 적이 있었다. 아무한테도 말하지 않겠다고 그와 약속하며 물었다. "라디오를 꺼본 적이 있어요?" 고시생이 주저하다가 되물었다. "혼자였던 적이 있어?" 모는 자신의 방 쪽을 힐끗 봤다. "그랬으면 좋겠어요." 고시생도 그의 방 쪽을 바라봤다.

"나는 그렇게 말해봤으면 좋겠다." 그리고 황급히 방으로 들어가버렸다.

모가 보낸 사연을 읽고 나서 진행자가 말을 덧붙였다. "여러분들의 주위에 이런 분이 계신다면 한 번 안아주세요." 별안간 들려오던 방송이 뚝 끊겼다. 잔뜩 긴장한 모가 벽에 귀를 바짝 붙였다. 한참 만에 고시생이 한마디를 내뱉었다. "씨발." 곧이어 라디오가 다시 켜졌다. 그날부터 일주일 동안 모는 나쁜 꿈에 시달렸다. 1등 상을 받아 비행기를 탔지만, 착륙 직전에 추락해버리는 꿈이었다.

상품으로 받은 건 문화상품권이었다. 고민하던 모는 라디오방 문틈 사이로 문화상품권을 밀어 넣었다. 그 후로 사연을 보낼 때마다 매번 문화상품권을 받았다. 그것들은 언제나 라디오방으로 전해졌다. 그러나 고무줄로 묶여진 문화상품권 뭉치를 한꺼번에 되돌려 받았을 때, 그만둬야 함을 알았다. 대신 노트를 펼쳤다. '라디오'라는 단어를 꾹꾹 눌러썼다. 고시생의 물건을 주운 적은 없었지만 빚진 기분을 떨칠 수가 없었다.

모는 노트에 적혀 있는 목록을 거슬러 올라가며 읽었다. 그리고 가장 처음에 물건을 주웠던 장소부터 찾아가 문화상품권을 놓아두기 시작했다. 그러면 잠시나마 기분은 나아졌다.

비상식량이 떨어지고 있었다. 아버지와 어머니는 안방에 틀어박혀 나오질 않았다. 간간이 키득대는 소리만 들렸다. 할 수 없이 모가 안방 문을 두드렸다. 예상대로 응답은 없었다. "세상이 망하기 전에 굶어 죽겠네." 투덜거리며 마루를 어슬 렁거리다 보니 부엌이 눈에 띄었다. 모는 주인 부부만 쓰던 냉장고를 열어봤다. 유통기한이 지난 우유와 푹 삭은 김치가 들어 있는 반찬통, 딱딱하게 굳은 백설기 두 덩이, 비상식량 몇 봉지가 남아 있었다. 우유를 제외한 남은 음식들을 챙겨 서 할머니가 머물고 있는 방으로 갔다. 모와 할머니는 정신없 이 음식들을 먹어치웠다. 이가 거의 없는 할머니는 침을 뚝뚝 흘려가며 백설기를 씹었고, 반찬통에 고여 있는 김칫국물까지 남김없이 마셨다. 그래도 배고픔은 채워지지 않았다. 할머니 가 더 없냐는 듯이 모를 빤히 쳐다봤다.

라디오방으로 돌아온 모는 노트를 펼쳤다. 냉장고에서 꺼 내 먹었던 음식들을 적고 날짜를 적으려다 멈췄다. 줄곧 날 짜를 알려줬던 라디오가 없으니 시간이 얼마나 지나갔는지를 알 수가 없었다. 예상되는 날짜를 몇 번이고 적었다 지웠다 하던 모가 그냥 노트를 덮었다.

모는 반듯한 태도로 가난을 숨길 수 있다고 생각했다. 그러나 허기는 숨길 수가 없었다. 수업만 시작되면 모의 배는 기다렸다는 듯이 소리를 냈다. 식은땀이 날 정도로 배에 힘을 줘도 소용없었다. 그때마다 반 아이들은 수군댔다. "쟨 매일 저래." 배고픔이 멈추지 않는다는 건 배가 부를 정도로 먹지 못한다는 의미였다. 의지와는 상관없이 모의 삶이 까발려졌다.

모는 창피하다는 이유로 학교 다니는 것을 포기했다. 어머니가 한숨을 쉬었다. "나는 네가 더 창피하다." 그러면서 할머니를 노려봤다. "누굴 닮아서 이럴까." 어머니는 아버지가 지금까지 뭐 하나 제대로 된 일을 해본 적이 없다고 했다. 잘하는 건 개새끼 같은 짓거리밖에 없다면서 "아마 왈왈 짖으면서 태어났을 거야."라고 말했다. 할머니도 지지 않고 아버지의 첫 전과를 들먹였다. 어머니의 출산을 앞두자 아버지는 지나가던 중년 여성을 때린 뒤 지갑을 훔쳐 달아나다가 붙잡혔다. 그는 모가 네 살이 되던 해에 출소했다. 할머니가 훌쩍였다. "도둑년을 만나더니 도둑놈이 되었어." 때마침 아버지가 방으로 들어왔다. 그는 울고 있는 할머니를 보더니 다짜고짜 어머니를 때렸다. 아버지는 그런 사람이었다. 평소엔 할머니를 없는 사람 취급하다가도, 할머니와 어머니가 싸울 때면 반드시 할머니 편을 들곤 했다. "죽여! 죽여!" 어머니가 악을 쓰자 할머니가 손을 저었다. "죽이지만 마라. 죽이지만!"

　사정없이 얻어맞던 어머니가 추욱 늘어졌다. 그제야 겨우 멈춘 아버지가 싸운 이유를 알아냈다. 모는 맞을 것을 각오했지만 아버지는 당연하다는 듯한 반응을 보였다. "포기는 빠를수록 좋다." 아버지도 모와 비슷한 나이에 비슷한 이유로 학교를 그만뒀다고 했다. "네 할아버지도, 할아버지의 아버지도, 그 위의 아버지도 그랬지." 대물려지는 삶 속에서 중요한 것은 포기라고도 했다. "그래, 너도 나를 닮았어." 모는 순간 얻어맞은 기분이 들었다. 다르다고 해, 당신과 같을 거라고 하지 마, 당신의 어둠을 내게 떠넘기려고 하지 마. 모는 절망적으로 생각했다. 푸우우! 아직 깨어나지 못한 어머니의 얼굴 위로 할머니가 물을 뿜었다.


　냉장고를 뒤지고 며칠이 지난 뒤, 모는 또다시 부엌으로 갔다. 냉장실 안에는 어떤 음식도 남아 있질 않았다. 실망하던 것도 잠시, 모는 냉동실을 살펴보지 않았다는 것을 깨달았다. 냉동실 안에는 검은 비닐봉지가 있었다. 삼겹살이었다. 냄새를 맡아보니 상한 것 같지는 않았다. 더 고민하지 않고 모는 삼겹살이 든 봉지와 가스버너를 들고 마루로 나왔다. 그리고 고기를 구웠다. 지글거리며 고기가 구워지자 제일 먼저 할머니가 방에서 나왔다. 안방에만 있었던 아버지와 어머니도 달려 나왔다. 어머니는 모를 기특해했다. "역시 내 아들이야." 누구도 어디서 난 고기냐고 묻지 않았다. 고기가 익는 대로 먹기 바빴다. "눈물 날 것 같아." 어머니가 울먹였다.

입안 가득 고기를 우물거리며 모의 가족은 집주인 부부를 욕했다. 주인 부부는 고기를 좋아했었다. 밤중에 구워 먹는 일도 잦았다. 그들은 마당 평상에 앉아 밤하늘을 바라보며 고기를 먹었다. 고소한 냄새가 진동했고, 세입자들은 잠을 이루지 못했다. 모도 그랬다. 침을 삼키다 보면 오줌이 자주 마려웠다. 화장실을 갈 때마다 주인 부부와 마주쳤다. 일부러 느리게 지나가봤지만, 그들은 모를 모른 척했다. 그렇게 화장실을 들락날락하다 보면 어느덧 날이 밝았다. 밝아오는 아침을 보며 모는 자신이 키가 작은 이유를 알 것 같았다. 돌이켜보면 제대로 자본 적이 없었다. 배가 고파서, 할머니의 코 고는 소리가 너무 커서, 아버지의 술주정과 주먹질이 멈추지 않아서 밤을 새운 적은 많았다.

삼겹살을 우물거리며 모는 오랜만에 제대로 잠들 수 있을 것을 기대했다. 그때 갑자기 어머니가 비명을 질렀다. 어머니의 손가락이 마당을 가리키고 있었다. 언제 들어왔는지 그곳엔 어떤 남자가 서 있었다. 자세히 보니 그는 판자촌에 사는 주민이었다. 남자는 주춤주춤 모의 가족에게로 다가왔다. "같이 좀… 먹읍시다." 그는 닷새 동안 물 한 모금 못 마셨다고 했다. 모의 가족은 거리를 좁혀오는 남자를 뚫어져라 바라봤다. 어머니와 할머니가 허겁지겁 고기를 두 점씩 입에 넣었다. 슬쩍 마루에 앉으려는 남자의 멱살을 아버지가 잡아챘다. 남자가 버둥거렸다. 아버지는 남자를 마당으로 내팽개쳤다. "어이쿠!" 그리고 껌을 씹듯 고기를 질겅질겅 씹으며 남자의 입을 발로 쾅쾅 밟았다. 남자는 아버지의 발을 피하기 위해 데굴데굴 굴렀다. 그러다 벌어진 틈에 발이 빠져 허둥대기도 했다. "제발요, 선생님!" 모는 그 광경을 보면서도 고기를 먹는 것을 멈추지 않았다. 어머니와 할머니도 마찬가지였다. 남자는 컥컥거리며 부러진 이를 토해내고 나서야 쫓겨났다. 대문을 나서기 전에 뭐라고 욕을 하는 것 같았지만, 들리진 않았다. 남자가 사라지자 어머니가 아버지를 추켜세웠다. "당신밖에 없어." 아버지는 내심 뿌듯해 보였다.

먹은 뒤엔 각자의 방으로 들어갔다. 모는 졸린 눈을 깜빡였다. 배가 불러 잠이 온 적이 있었던가. 더없이 만족스러워져서 히죽 웃었다. 그러다 방 한구석에 놓인 노트를 발견했다. 오늘 먹었던 것을 기록해야 했지만, 간만에 느낀 포만감을 방해하고 싶지 않았다. "내일 쓰면 되지."라고 중얼거리며 눈을 감았다. 잠들기 직전, 아까의 일이 불현듯 떠올랐다. 아버지의 폭력이 자신이 아닌 다른 사람을 짓밟았을 때, 자신의 피가 아닌 다른 사람의 피가 튀어 올랐을 때, 그것은 더 이상 무섭게 느껴지지 않았다. 어떤 면으로는 그건 사랑을 닮아 있었다.

세계는 빠른 속도로 무너지고 있었다. 틈은 포악한 육식동물처럼 입을 벌렸다. 아무리 삼켜도 부족한 듯이. 넓어지는 틈 때문에 하루에도 수십 번씩 땅이 흔들렸다. 쾅, 쿵, 쾅, 쿵! 거대한 망치로 깨부수는 것 같은 소리가 들리고 나면, 도시의 일부분이 지상에서 사라져 있었다. 세상은 활기를 잃어갔다.

그러나 모의 가족은 여느 때보다 생기가 돌았다. 그들의 삶은 날이 갈수록 윤택해졌다. 그들은 각자 방을 가지고 있었다. 예전에 모는 잠결에 뒤척였다가 아버지의 팔뚝에 얻어맞아 코피가 난 적이 있었다. 이제 그럴 염려는 없었다. 뒤척일 수 있다는 것만으로도 잠은 달콤했다. 자고 싶을 때 잤고, 일어나고 싶을 때 일어났다. 식욕도 왕성해졌다. 먹을수록 식욕의 몸집은 커졌다. 냉장고에 있던 음식이 떨어졌지만 걱정하지 않았다. 아버지는 남자를 내쫓은 뒤로 자신감이 붙어 있었다. "내게 맡겨둬." 그는 기세 좋게 집 밖으로 나갔다. 그리고 아슬아슬한 바깥 세계를 휘젓고 다녔다. 남의 집이든 슈퍼마켓이든 마음대로 문을 따고 들어갔다. 저녁 즈음엔 양손에 음식이며 생필품들을 한가득 들고 돌아왔다. "나 왔다."라고 말하면서 대문 안으로 들어서면, 나머지 식구들이 마중을 나와 있었다. 어머니는 아버지가 가져온 재료들로 저녁상을 차렸다. 온 식구가 둘러앉아 밥을 먹었다. 아버지는 모에게 묻기도 했다. "오늘은 뭘 했냐." 평소에도 물어봤던 것처럼 자연스러웠다. 낯설어하던 모도 곧 능청스럽게 거짓말을 하게 되었다. "공부를 했어요." 모는 라디오방에 남겨져 있던 고시생의 책을 흔들어 보였다. 그러면 다들 온화하게 웃었다.

배부르게 저녁을 먹고 나면 각자의 방으로 돌아갔다. 모는 방 안에서 마음껏 뒹굴다가 자신도 모르는 새에 잠이 들었다. 그러다 보니 노트를 쓰는 일은 내일로, 내일이 오면 그다음으로 미뤄지곤 했다. 하지만 깊은 잠 덕분에 모의 키는 무럭무럭 자라났다. 모자라지도 넘치지도 않는 생활. 꿈조차 꾸지 못했지만, 은연중에 바랐던 생활. 살만해, 라고 죽어가는 세계를 향해 이야기할 수 있는 그런 삶. 때문에 사방에 뻗어 있는 틈을 두려워하는 사람은 가족 중 누구도 없었다. 누구나 인생에서 찬란한 시간이 있다면, 모의 가족에게는 그 시간이 지금이었다. 주위가 조각조각 부서져 내리는 이 시간, 그들은 행복했으니까. 그리고 어머니가 넌지시 임신을 알려왔을 때, 그들은 얼싸안으며 기뻐했다. 할머니는 치마폭으로 얼굴을 감쌌다. "살다 보니 이런 일도 있구나!" 아버지가 의젓하게 모에게 악수를 청했다. "너가 집안의 장남이 되는 거다." 모는 한 번도 해보지 않았던 악수를 제법 능숙하게 해냈다. 행복한 가족은 으레 새로운 생명을 축하하는 법이었다.

여느 때처럼 필요한 물건을 구하러 나갔던 아버지가 며칠이 지나도 돌아오지 않았다. 저녁엔 꼬박꼬박 돌아오던 근래의 모습과 달랐다. 불러오는 배를 끌어안으며 어머니는 불안해했다. 그녀는 아버지의 예전 버릇이 도져버렸을까 봐 염려했다. 술을 마시고, 시비를 걸거나 당하고, 사고를 치고, 경찰서에서 연락이 오던 시절을. 어머니를 진정시키기 위해 모가 말했다. "괜찮아요. 이젠 경찰서도 없잖아요." 다행히 아버지는 그날 밤에 모습을 드러냈다. 그런데 빈손이었다. 옷에는 피가 묻어 있었고, 얼굴엔 상처도 있었다. 그렇지만 몹시 들떠 보였다. 어머니가 물었다. "어딜 갔다가 오는 거예요?" 아버지는 말없이 어머니의 배를 쓰다듬었다. 왜 아무것도 가져오지 않았냐는 물음에는 부드럽게 웃어 보였다. "걱정 마. 더 좋은 걸 발견했으니까."

　쾌청한 날씨가 이어지던 나날들과는 달리 다음날은 흐렸다. 먹구름이 꾸물꾸물 몰려오고 있었다. 이른 아침부터 아버지는 나갈 채비를 했다. 콧노래까지 흥얼거리면서 신이 나보였다. 그는 이번엔 모를 데리고 다녀오겠다고 했다. 어딜 가냐는 모의 물음에 아버지는 그저 따라오라는 말만 반복했다. "너도 이제 배워야지." 여유롭게 지면을 밟는 아버지와 달리 모는 한 걸음 한 걸음이 조심스러웠다. 지면의 틈은 더 넓어져 있었다. 그리고 그 틈으로 까마득한 어둠이 비쳤다. 배웅하기 위해 마루로 나온 할머니가 부르르 떨었다. "저 아래엔 지옥이 있으려나." 모는 앞서가는 아버지를 바라봤다. 아버지의 모습이 흐릿했다. 줄곧 벗어뒀던 안경을 다시 썼다. 안경의 금과 조각난 세계가 어우러진 풍경이 들어왔다. 그 풍경 속에서 아버지가 경쾌하게 폴짝폴짝 틈을 뛰어넘고 있었다.

　간만의 비였다. 세상의 바닥이 갈라지고 나서는 처음이었다. 빗줄기는 제법 굵었다. 그러나 비가 내리는 소리는 다른 때보다 약했다. 비 내리는 냄새도 옅었다. 지면에 빗방울이 닿지 못해서였다. 비는 수천 갈래로 뻗어 있는 틈 안으로 빠졌다. 모는 비에 젖은 지면에 미끄러지지 않도록 신중하게 발걸음을 옮겼다. 아무리 둘러봐도 사람의 모습은 보이지 않았다. 북적이던 카페나 레스토랑 같은 건물은 깨진 유리문만 덜렁거렸다. 도로는 버려진 자동차들이 빽빽이 늘어서 있어서 주차장처럼 보였다. 중간에 번거로워져 놔두고 간 가방이나 보따리도 여기저기 널려 있었다. 세상은 통째로 쓰레기장이 되었다. 모는 잠시 잊고 있던 멸망을 조금이나마 실감했다.

모와 아버지는 묵묵히 걸었다. 꽤 긴 시간을 걷고, 뛰어넘고, 또 걸었다. 그러다 3층짜리 대형마트 앞에 도착했다. 말끔했던 마트는 온데간데없었다. 외벽에 칠해진 회색 페인트가 음울하게 벗겨져 있어서 늙은 동물의 가죽처럼 보였다. 마트 정문엔 철제 셔터가 내려져 있었다. 아버지는 셔터에 달린 자물쇠를 간단히 풀었다. "비밀번호는 너의 생일이다." 의기양양해하는 아버지의 등 너머로 기다란 천이 늘어졌다. 마트 벽에 걸려 있던 플래카드였다. '파격정리세일'이라는 단어가 비에 젖어 번져 있었다.

그러니까, 아버지는 그런 생각을 했다고 한다. 어머니의 배가 불러오면서 준비해야 할 것이 많다는 생각을. 모를 가졌을 때는 그럴 수 없었다. 아버지에겐 힘만 있었다. 언젠가 모에게 말해줬던 것처럼, 할아버지에게 물려받았던 아버지의 삶엔 고작 힘만 존재했다. 그것은 유일한 유산이기도 했다. 마음만 먹으면 뭐든지 뺏을 수 있었다. 누구든지 때릴 수 있었다. 아니면 죽일 수 있거나. 원하기만 한다면, 그럴 수만 있다면. 하지만 문제는 세상이었어, 라고 아버지는 말했다. 세상은 아버지와 같은 사람이 설 자리가 없었다. 오히려 아버지와 같은 사람을 막기 위해 전력을 다하곤 했다. 전과 16범의 기록이 그 전력이었다. 아버지는 출소할 때마다 막막해서 허공에다 물었다. 내게 맞는 세계라는 것이 있을까.

그런데 난데없이, 아버지의 방식이 통하는 세계가 찾아왔다. 그렇다면 방이나 식량 따위에 만족할 수 없었다. 그는 거리를 쏘다니면서 하고 싶던 걸 실컷 했다. 경찰서로 찾아가 조사실에서 형사 흉내를 냈다. "이 새끼 이거 안 되겠네." 야구방망이를 들고 외제차를 마구 내리치기도 했다. "운전 똑바로 해!" 영화관에 들어가 큼지막한 스크린도 감상했다. 영화는 상영되지 않았지만, 손을 들어 박수를 쳐봤다. 소리가 크게 울렸다. 그에 한 편의 감동스러운 영화를 본 것처럼 울컥해졌다. 그래서 결심했다. 더 날뛰어보자고, 더욱더 많이 가져보자고. 아버지는 헤매다가 대형마트를 찾았다. 그리고 이미 마트를 차지하여 살고 있는 사람들과 마주했다. "여긴 우리 거야." 그들은 아버지와 비슷한 사람들이었다. 아버지는 그들에게서 마트를 빼앗기 위해 싸웠다. 밀고, 때리고, 걷어찼다. 비명이 터지고 피가 튀길수록 아버지는 생기가 돌았다.

싸움은 며칠 동안 이어졌고, 마트엔 아버지 혼자만 남게 되었다. 아버지는 그의 방식으로 굴러가는 세계에선 절대 지지 않았다.

마트 내부는 예상보다 밝았다. 건전지가 든 조명들이 켜져 있었던 덕분이었다. "미리 손을 써뒀지." 아버지가 자랑스럽게 말했다. 마트의 바닥은 바깥의 지면과 다르지 않았다. 쩍쩍 갈라져 있거나, 하중을 견디지 못하고 푹 꺼진 곳도 있었다. 모는 아무렇게나 버려져 있는 장바구니를 들었다. 1층엔 생선과 고기가 썩어 악취가 진동했다. 보존식품이 쌓여 있는 선반에서 아버지와 모는 과자 한 봉지를 뜯어 나눠 먹었다. 그리고 장바구니에 통조림이나 라면 등을 넣었다. 고장이 난 에스컬레이터를 걸어 올라가 2층도 구경했다. "잠깐만." 아버지는 신발을 파는 코너로 가더니 새 운동화를 한 켤레 가져왔다. 운동화는 모의 발에 딱 맞았다. 모가 놀라 쳐다보니 아버지가 웃었다. "너 나이쯤이었을 때의 내 발에 맞았던 거를 골랐다." 안경을 파는 코너에도 들렀다. 금이 간 안경 대신 새로운 안경을 맞추기 위해서였다. 하지만 모의 시력에 맞는 안경은 없었다. 아버지는 모의 어깨를 두드렸다. "다음엔 안경점이다." 여성용품이 비치된 코너를 지나가다가 모는 멈춰 섰다. 활짝 벌려진 샘플용 생리대를 힐끗거리다 슬쩍 만져봤다. 부드러워야 할 부분이 너덜너덜했다. 자신 이외에도 많은 사람들이 이렇게 몰래 손을 댔을 거라는 생각이 들어 우스웠다.

두 사람은 자꾸만 웃었다. 피식피식, 웃음은 그렇게 새어 나왔다. 아동복 코너에서는 가볍게 다퉜다. "할머니는 딸이랬어요." 모가 원피스를 집어 들자 아버지가 축구공이 그려진 점퍼를 골랐다. "용을 보는 꿈을 꿨어." 모는 코너를 지나칠 때마다 무언가를 하나씩 챙기려고 했다. 그럴 때마다 아버지가 말렸다. "안심해. 이젠 우리 거다."

3층에 도달하자 두 사람 다 피곤했다. 마침 3층은 침대와 가구들이 구비되어 있는 층이었다. 시간이 늦어 하룻밤을 묵기로 했다. 각자 침대를 골라잡고 올라가자 삐걱거리며 소리가 울렸다. 몸을 뒤척일 때마다 침대가 흔들렸다. 사람들은 이런 데서 어떻게 잘까. 한없이 아득해지는 몽롱한 기분에 빠져들었지만 잠들지는 못했다. 모는 옆 침대에 누워 있는 아버지를 불렀다. "자요?" 아버지가 되물었다. "자냐?" 자냐는 물음은 몇 번이나 왕복한 뒤에야 멈췄다. 아버지와 모는 술에 취한 것처럼 잠에 취했다. 그러면서 잠결에 여러 말을 주고받았다. 서로에게 닿지 않는 말을, 말과 말이 섞여 하나의 긴 문장처럼 들리는 말을. 그리고 일어났을 때는 둘 다 자신들이 했던 말을 기억하지 못했다.

*당신은 개새끼였어. 그거 알았어, 몰랐어? 알았지? 알았어도 모른 척했던 거지? 나 말이다, 사람을 죽여본 적이 있어. 나는 당신을 죽이고 싶었어. 죽이고 싶지는 않았었다, 그래도 살려둘 순 없었지, 나의 아버지는 개새끼였으니까. 때리지 마, 아무리 맞아도 익숙해지지 않아, 그냥 더럽게 아파. 어쩔 수 없었다, 어머니도 나도 이러다 죽을 것 같더라, 누군가는 차라리 죽는 게 더 낫다고 말을 하는데 그건 헛소리야, 죽는 게 어떻게 사는 것보다 나을 수 있냐, 죽고 싶을 만큼 죽고 싶지 않은 게 당연한 거다. 앞으로 조심해, 당신을 죽일 수도 있으니까. 그래서 밀어버렸다, 정말 어쩔 수가 없었어, 추락할 때 사람의 몸은 바람결을 따라 흐물대더군, 단단한 뼈마저도 말이야. 당신은 달라져야 해. 조심해라, 아차 싶었을 때 코앞이야, 어떤 건 속도가 없어, 이미 와버렸거든.*

모가 기지개를 켰다. 어디서 비가 새는지 똑, 똑, 똑 물방

울이 떨어지는 소리가 들렸다. 아버지는 아직 잠들어 있었다. 모는 혼자서 마트를 둘러봤다. 층을 왔다 갔다 하다가 가전제품을 파는 코너로 가봤다. 거기엔 라디오들이 놓여 있었다. 모는 가격표를 꼼꼼히 들여다보다가 가장 값비싼 라디오를 집어 들었다. 라디오방에 라디오를 새로 들여놓아야겠다고 마음먹었다. 모는 즐거웠다. 이 모든 건 아버지의 것이고, 자신이 어른이 되면 자신의 것이 되리라. 모의 운동화가 바닥에 마찰될 때마다 찍찍거렸다. 새것의 소리는 날서 있었다.

모와 아버지는 필요한 물건들을 챙겨 마트를 나왔다. 비는 멈췄지만 날씨는 흐렸고 어두웠다. 새 운동화는 밑창이 미끄러웠다. 모는 자꾸만 발을 헛디뎠다. 아버지는 양손에 짐을 들고도 모를 잡아줬다. 둘은 괜찮았다. 걷다가 부근에 있던 전봇대가 쓰러졌어도, 벽돌에 걸려 넘어져 틈 안으로 다리 한쪽이 빠졌어도, 한여름처럼 땀에 젖은 것도. 집에 도착하기 전까진, 모두 괜찮았었다. 아버지와 모는 어머니와 할머니가 마중을 나와 있으리라 기대했다. 그러나 막상 집에 도착하니 아무도 기다리고 있지 않았다.

끼익, 끼익. 간간이 부는 바람을 따라 열린 대문이 움직였다.

한 번, 두 번, 세 번.

라디오는 남자의 머리통에 여러 번 찍혔다. 찍힐 때마다 남자는 자지러지게 울었다. 그리고 눈앞에 보이는 모의 발목을 필사적으로 움켜잡았다. 아파! 죽고 싶지 않아! 그저, 나는 그저…! 그리고 마지막 한 번, 아버지가 묵직한 무게를 실어 내리꽂은 라디오에 남자가 비로소 말을 멈췄다.


그저, 배가 고팠을 뿐이야. 남자가 이 말을 죽기 직전에 했는지는 명확하지 않았다. 그러나 분명 그렇게 말했었다. 모는 자신의 발목을 붙잡고 축 늘어진 남자를 내려다봤다. 삼겹살을 얻어먹지 못하고 아버지에게 실컷 걷어차인 뒤 쫓겨난 그 남자였다. 만약 어머니의 몸 위에 올라타 있는 모습을 보지 못했더라면, 머리가 으깨져 피투성이가 된 남자를 알아보지 못했을 것이다.

모는 무슨 말이라도 하고 싶었다. 하지만 짐승처럼 우는 소리만 냈다. "우, 우우, 우." 아버지가 피가 뚝뚝 흐르는 라디오를 들고 어머니에게 다가갔다. 어머니는 마루에 벌렁 드러누워 있었다. 치마가 벗겨져서 휑하게 드러난 다리엔 소름이 오소소 돋아 있었다. 어머니는 움직임이 없었다. 그러나 눈동자. 어머니의 눈동자만큼은 활발하게 움직였다. 새빨간

흰자 안에서 데굴거리며 아버지를 모를 그리고 어딘가를 번갈아 봤다. 아버지는 주변을 둘러보며 무언가를 찾는 듯했다. 그러다가 누워 있는 어머니를 보며 음산하게 물었다. "어디 갔어?" 어머니는 대답이 없었다. 눈동자만 바쁘게 굴렸다. 아버지는 같은 질문을 반복했다. 그래도 대답을 듣지 못하자 결국 고함을 쳤다. "죽여버리기 전에, 어서!"

그때, 어머니의 눈동자가 정지했다. 눈동자는 마당 한가운데 유독 크게 벌어진 틈을 향했다. 어머니는 핏발이 선 눈으로 그곳을 노려봤다.

아버지가 라디오를 내던지고 틈 쪽으로 달려갔다. 그리고 그 틈 안으로 머리를 밀어 넣었다. 그제야 모는 이 난리 속에서도 할머니의 모습이 보이지 않았다는 걸 깨달았다. 갑자기 눈앞이 흐려졌다. 머리통이 박살 난 남자는 발목을 놓아주지 않은 채 식어갔다. 새 운동화엔 피가 튀어 있었다. "우, 우우, 우우, 우!" 아버지는 틈 안 깊숙이 머리를 처박고 울었다.

남자는 마지막으로 남긴 말처럼 정말 배가 고파서 모의 집으로 왔던 것일지도 모른다. 도저히 음식을 구할 수가 없었고 그에 지독한 허기가 남자를 모의 집으로 이끌었을 것이다. 아버지가 부러뜨린 이도 아팠고, 아버지도 무서웠지만, 별다른 수가 없었을 테다. 집에 도착하니 아버지는 없었고, 모도 없었다. 남자의 눈에는 배가 부른 어머니와 딸이기를 기원하며 냉수를 떠다놓고 빌고 있는 할머니만 보였다. 생각보다 쉽겠구나. 남자는 지나치게 방심했다. 남자가 들이닥치자 예상대로 어머니와 할머니는 순순했다. 얌전했기 때문에 남자는 조금 더 바라는 게 생겼다. 따뜻한 몸을 안아본 적이 언제였더라. 기억나지 않을 만큼 그리워져서 남자는 덥썩 어머니를 끌어안았다. 그러지만 않았더라면, 할머니는 달려들지 않았을 것이다. 그리고 남자와 몸싸움을 벌이다 마당 위를 굴러 틈 안으로 떨어지지 않았을 것이다. "지옥이야!"라는 외침이 할머니의 마지막 말이 되지 말았어야 했는데. 이왕이면, 잘 살았다 가는구나가 돼야 했는데. 그럴 수 있었는데.

다시 비였다. 모는 하늘을 올려다봤다. 흐리게 보이는 부분도 있었고 선명하게 보이는 부분도 있었다. 쓰러져 바닥에 부딪히면서, 안경알의 일부분이 떨어져 나간 것이었다. 모는 부스스 몸을 일으켰다. 용케 틈을 피해 쓰러진 스스로가 믿기지 않았다. 자신의 발목을 잡고 있던 남자의 손이 보이지 않았다. 남자는 없었다. 설마 다 꿈이었을까? 그러나 운동화에 튄 피가 선명히 남아 있었다.

모는 주위가 소란스러움을 느끼고 고개를 돌렸다. 아버지가 어머니의 배를 발로 걷어차고 있었다. "너 때문이야!" 너 때문에 엄마가 죽었어, 일부러 그랬지? 말해봐, 알고도 그랬지? 아버지는 맹렬하게 어머니를 비난했다. 배를 차이자 어머니가 꺽꺽댔다. 배 속에 든 아기도 꺽꺽댈 것만 같았다. 모는 놀랍지도, 두렵지도, 화가 나지도 않았다. "그래, 사실은 알고 있었어." 아버지는 원래 저런 모습이었다. 태어날 때부터 저랬고, 세계가 망하기 전에도 그랬고, 지금도 그랬다. 변한 건 없었고 변할 수도 없었던 사람.

모는 아버지가 던져둔 라디오로 다가갔다. 남자의 피와 살점이 묻어 있는 라디오를 들었다. 모는 아버지와 점점 가까워졌다. 그리고 아버지의 머리를 향해 힘껏 라디오를 내리쳤다. 퍽! 아버지가 고꾸라졌다. 믿을 수 없이 쉬웠다. 믿을 수 없이 약했다. 결국 모는 이제껏 두려웠던 것이 아버지가 아니었음을 깨달았다. 이미 늦어버렸지만.


당신, 계속 가. 괜찮아, 멈추지 마.


빗줄기가 거세졌다. 천둥과 번개도 쳤다. 우루루룽, 하고 하늘이 무너질 것처럼 소리를 냈다. 벽에 기대앉아 있던 모는 이 날씨야말로 늦었다고 생각했다. 세상이 갈라지던 그때부터 날씨도 이랬어야 했다. 하필이면 왜 찬란할 정도로 화창했을까. 그 때문에 괜히 들떠버렸던 건 아닐까.

모는 피가 묻은 라디오를 끌어안았다. 라디오방 고시생이 떠올랐다. 끝까지 사과를 하지 못했어. 노트도 생각났다. 다 적지도, 갚지도 못했어. 모는 아무것도 하지 못했던 자신을 후회하지 않았다. 다만 슬펐다. 누군가의 기억에 배고픈 아이로 하찮게 남았다 사라지는 것이 전부라니. 모의 근처에선 어머니가 다리를 질질 끌며 마루 위를 기어 다니고 있었다. 어디를 잘못 맞았는지 제대로 걷지를 못했다. 팔로 바닥을 짚어 움직이면서 어머니는 누군가를 보고 있었다. 마당을 헤매고 있는 아버지였다.

퍼붓는 빗속에서 아버지는 소리를 지르고 있었다. "거기, 거기 누구 없어?" 머리에 가한 충격 때문일까. 아니면 흐르는 피 때문일까. 아버지는 앞을 보지 못했다. 두 팔을 허우적대는 아버지를 향해 어머니가 상냥하게 말했다. "괜찮아요. 그대로 가요." 아버지는 어머니를 찾아 발을 내디뎠다. 한 걸음, 두 걸음, 세 걸음. 걸음마를 배우는 아기처럼 걸었다. 그 걸음들은 할머니가 빠졌던 틈으로 아버지를 안내하고 있었다. "잘못했어. 내가, 내가 잘못했어." 아버지는 누구를 향하는지 분명하지 않은 사과를 하며 걸었다. 어머니는 눈 한 번 깜빡이지 않고 숨을 죽이며 말을 이었다. "계속, 계속 가요. 당신, 괜찮아요." 아버지가 틈을 앞에 두고 단 한 걸음만을 남겨놨을 때, 모는 눈을 감았다. "마지막이에요." 어머니의 말에 내딛는 마지막 한 걸음. 그리고 이어지는 말. "개새끼야."

　아슬아슬하게 매달려 있던 안경알들이 우수수 떨어졌다. 조각은 모의 뺨에 상처를 냈다. 뜨겁고 익숙한 어떤 것이 흘러내렸다. 기울어진 80층짜리 고층빌딩이 기어이 무너졌다. 부서지는 건 세계뿐만이 아니었다. 우루루루룽, 마음 한구석이 부서지는, 영혼이 꺾이는 소리는 천둥과 닮아 있었다.

화마

불은 계속해서 나아갔다. 오랫동안 굶주렸던 포식자처럼 여씨의 밭을 맹렬하게 삼키며 전진했다. 하늘로 치솟는 연기는 옅은 회색을 띠었다가 어느 순간 짙게 돌변했다. 연기의 동태는 포효하듯이 사나웠다. 여씨는 그 불을 쫓고 있었다. 열기로 인해 얼굴이 벌겋게 달아올랐고 숨이 점점 가빠왔지만, 멈추지 않았다. 불과 한 시간 전까지만 해도 날씨는 잔잔했었다. 가벼운 바람조차 없었고 이상하리만치 조용했다. 때문에 우연히 시작된 불씨를 염려할 필요가 없었다.

고작 한순간이었다. 찰나만큼이나 짧았던 그 순간, 작았던 불씨는 놀라운 속도로 몸집을 왕성하게 키웠고 금세 강력해졌다. 그리고 여씨가 예상 밖의 일들이 벌어지고 있음을 깨달았을 땐 이미 늦어 있었다. 아마도 불은 밭을 남김없이 태우고 나서야 멎을 듯했다.

여씨는 고개를 들어 둔덕 쪽으로 시선을 돌렸다. 그녀의 키를 조금 넘기는 높이의 둔덕은 밭과 이어져 있었다. 둔덕 위에는 널빤지로 대충 만들어진 개집이 놓여 있었다. 모모를 넣어둔 집이었다. 지붕과 본체에 덧입혀진 파란색 페인트가 군데군데 벗겨져서 조악해 보였다.

불길의 방향은 그 집을 향하고 있었다. 수많은 방향 가운데 하필이면 바로 그 방향이었다.

처음부터 태우려고 했던 것은 아니었다. 그것은 딸이 결정해야 할 문제였다. 날이 밝자마자 여씨는 딸에게 전화를 걸었다. 오늘은 꼭 결단을 내려줘야 한다고 말할 참이었다. 그러나 딸의 휴대폰은 꺼져 있었다. 전화를 끊은 여씨는 집 툇마루로 나와 자리를 잡았다. 서늘한 아침 공기 사이로 밥을 짓고 국을 끓이는 구수한 냄새와 농기계에 기름칠을 하는 냄새가 뒤섞여 풍겨왔다. 마을은 이른 시간부터 일과를 시작할 준비로 분주했다.

여씨는 툇마루에 앉아 막연히 딸의 전화나 방문을 기다렸다. 그러는 동안 툇마루 앞마당을 멍하니 바라보며 시간을 때웠다. 배가 고파지면 냉장고에 넣어놨던 차가운 빵을 씹었고, 잠이 몰려오면 벽에 기대 졸았다. 삼십 분이 채 안 되는 짧은 잠 속에서도 꿈을 꿨다. 열린 대문 틈으로 누군가가 집 안을 들여다보는 꿈이었다. 얼마간은 소름이 끼쳤다. 하지만 시간이 지날수록 수상한 기미는 조금씩 사라졌고 대신에 익숙한 기척이 감돌았다. 혹시나 해서 딸의 이름을 불러보려던 그때, 꿈은 끝났다.

그렇게 오전을 보냈고 오후 역시 별반 다르지 않았다. 늦은 오후의 볕이 저물어갔고 곧 저녁이 되었다. 결국 딸은 나타나지 않았다. 그러나 여씨는 개의치 않았다. 애초에 기대한 적도 없었다. 하루 종일 딸을 기다리며 시간을 보냈던 것은 연락의 가능성을 믿어서가 아니었다. 단지 그녀 나름의 명분이 필요했기 때문이었다.

여씨는 툇마루에서 내려왔다. 발목 부분에 두툼한 털이 둘러진 흑갈색 고무신을 신었다. 그리고 마당을 가로질러 콘크리트 벽돌로 대충 만들어진 담 근처로 다가갔다. 그곳엔 쓸모를 잃어버린 물건들이 벽돌담을 지지대로 삼아 제멋대로 쌓여 있었다. 유행이 지나 촌스러워진 옷가지, 펼쳐본 흔적 없이 낡아버린 위인전집, 칸막이가 부서진 서랍장, 이가 빠진 찻잔과 접시들, 브레이크가 고장 난 자전거까지. 모두 딸이 가져다놓은 것들이었다.

여씨는 창고로 가서 구루마를 꺼내왔다. 한동안 방치해놨던 구루마에서는 고약한 지린내가 났다. 창고 천장에 고여 있던 쥐의 오줌이 새어나와 구루마 위로 떨어진 모양이었다. 지난해 여름, 태풍이 한바탕 마을을 휩쓸고 지나갔었다. 마을 사람들 대부분이 크고 작은 피해를 입었다. 이웃집 조씨는 우리가 망가져 몇십 마리의 오리들을 잃었고, 고종사촌은 비닐하우스가 통째로 날아가 작물을 망쳤다. 여씨의 경우엔 창고의 지붕이 뜯겨 나갔다. 얼마간 상심에 잠겨 있던 사람들은 조금씩 활기를 되찾았다. 각 집마다 온 가족이 복구에 매달리는 모습이 눈에 띄었다. 여씨는 뻥 뚫린 창고의 윗부분에 비닐 천막을 대충 덮어놓았다. 그리고 마을의 일손이 넉넉해지기를 기다렸다. 그것이 벌써 두 계절 전의 일이었다. 여씨는 한숨을 쉬며 창고와 집을 번갈아 바라봤다. 수십 년간 그녀의 어설픈 손재주로만 간신히 버텨왔던 공간이었다. 그 사실은 때때로 그녀를 초라하게 만들었다.

구루마의 손잡이를 잡고 움직이자 끼기긱! 하는 날선 소리가 울려 퍼졌다. 여씨는 구루마에 딸의 물건들을 하나씩 실었다. 그러면서 딸을 떠올렸다. 헌 옷가지에서는 딸의 요란한

안목을, 칠십 권짜리 위인전집에서는 딸의 불필요한 소비 습관을, 망가진 찻잔이나 접시 같은 살림기구에서는 딸의 조심성 없는 성격을 되새겼다. 오래전부터 알고 있었던 딸의 면면이었다. 그러나 오늘따라 유난히 거슬렸다. 새삼스럽지만 그랬다.

혼자서 들어 올릴 수 있는 물건들은 모두 싣고 나서 여씨는 담배를 한 대 물었다. 어지간하면 이렇게 일방적으로 정리하고 싶지 않았다. 하지만 여씨로서도 어쩔 수가 없었다. 마당의 일부분을 차지한 딸의 물건들은 마을의 골칫거리로 전락했다. 온갖 떠돌이 짐승들이 모여들었던 것이다. 길고양이나 개, 뒷산에서 내려온 산짐승 등은 버려진 물건들 사이로 비집고 들어가 새끼를 낳거나, 거점으로 삼으며 마을 내 널어진 곡식들과 마른 생선 따위를 훔쳐 먹었다. 문제는 또 있었다. 마을을 오가는 사람들 중 더러는 물건들이 쌓인 곳에 몰래 쓰레기를 버렸다. 여씨가 아무리 치워도 소용이 없었다. 쓰레기는 끊임없이 생겨났고, 악취와 벌레가 들끓었다. 급기야는 이장이 찾아와 이번 주 안으로 정리해줄 것을 통보하기에 이르렀다. 마을 사람들의 원성이 자자하다는 것이었다.

이장이 방문하고 나서 여씨는 매일같이 딸에게 전화를 걸었다. 그러나 매번 음성사서함으로 넘어간다는 기계음만 들었다. 다음 날 그리고 그다음 날에도……. 그러다보니 어느덧 이장과 약속했던 날짜를 앞두고 있었다. 별수 없이 어젯밤, 여씨는 두어 번의 시도 끝에 음성메시지를 하나 남기게 되었다.

"와서 치워라. 개도 데리고 가고."

하지만 딸은 연락이 없었다. 그러니 끝이었다. 이제는 불태워버려야 했다. 여씨는 물건을 잔뜩 실은 구루마를 힘겹게 끌었다. 제법 묵직한 무게감에 몸이 여러 번 휘청거렸다. 그러나 정작 무겁게 느껴졌던 것은 발걸음이었다.


여씨는 푹 꺼진 눈으로 주위를 살폈다. 번져나가는 불길 사이로 아직 타지 않은 밭의 일부분이 보였다. 막 겨울을 벗어나 헐벗은 모양새에 가까운 밭이었다. 생기가 없는 땅엔 바짝 마른 들풀과 그 속에서 죽은 듯 웅크리고 있는 벌레들만이 남아 있었다. 그래, 어차피 한 번은 태웠어야 했다. 봄을 맞이해야 했으니까. 씨앗을 뿌리고 모종을 심으려면 말끔하게 비워진 땅이 필요했으니까. 지나간 계절의 자취조차 남지 않는 완전한 소각. 그것은 여씨가 원했던 바이기도 했다. 하지만 이런 식으로 원했던 것은 절대 아니었다.

여씨의 밭은 집 오른편에 위치해 있었다. 본격적으로 농작하기 전에는 쓰레기를 태우는 장소로 사용하곤 했었다. 여씨는 집과 밭을 여러 번 오간 뒤에야 딸의 물건들을 전부 옮길 수 있었다. 자전거를 제외한 나머지 물건들을 태우기 전에, 여씨는 머릿속으로 이후에 할 일들을 그렸다. 간만에 소주를 마시는 게 좋을 것 같았다. 딸과 먹었던 삼겹살을 씹는 것도 나쁘지 않았다. 그러려면 읍내로 나가야 했고, 콜택시를 불러야 했다. 번거로운 일이 되겠지만 그래도 괜찮았다. 어쨌거나 해결을 했고 마무리를 지은 것이었다. 마을 사람들의 눈치를 보지 않아도 되었고, 아무렇게나 쌓인 물건들을 볼 때마다 딸을 생각하지 않아도 되었다. 편하지만은 않았지만 어느 정도 후련했던 것은 사실이었다.

칠십 권짜리 위인전집은 불쏘시개로 제격이었다. 여씨가 고른 위인전은 가브리엘 샤넬의 전기였다. 위인전을 펼쳐 페이지를 찢었다. 찢어낸 페이지를 동그랗게 구겨 라이터로 불을 붙인 뒤, 물건들 사이사이로 던졌다. 그러다 여씨는 위인전 마지막 페이지에 끼워진 얇고 뻣뻣한 종이를 발견했다. 검은색 바탕에 하얀색 선과 점이 복잡하게 얽혀 있는 손바닥 크기의 사진. 언젠가 조씨가 며느리의 임신 소식을 알리며 보여줬던 사진과 같았다.

여씨는 물끄러미 사진을 들여다봤다. 어떤 설명이 가능할까. 사진이 무엇을 의미하는 것인지는 알고 있었다. 그러나 딸의 물건들과 같이 버려진 사진이 무엇을 뜻하는지에 대해서는 알지 못했다. 딸은 이런 말을 한 적이 없었다. 아이를 가지고 싶어 했지만 가질 수 없었다는 사실만이 여씨가 알고 있는 전부였다. 그녀는 혼란스러웠다. 그래서 사진을 마냥 바라봤다. 주변은 잊혀졌고 하려던 일도 제쳐뒀다. 그러는 동안 페이지에서 시작된 작은 불이 딸의 물건들로 옮겨갔다. 거기까지는 여씨도 알아차리고 있었다. 대수롭게 여기지 않았던 것은 바람이 불지 않아서였다. 으레 이런 날씨에 일어나는 불이 그렇듯, 적당히 타오르다가 사라져버릴 것이라고 생각했었다. 그러던 그녀가 뻗어나가는 불길을 발견했던 건 열기 때문이 아니었다. 자꾸만 흐트러지는 머리카락에 그제야 정신이 번쩍 들었다. 바람이었다. 느닷없이 시작된 바람은 보잘것없었던 불을 키웠고, 그 불을 둔덕 쪽으로 이동하게끔 불고 있었다. 마치 장난처럼 고약한 우연이었다.

이따금 딸은 여씨가 사는 마을을 찾았다. 구형 아반떼를 몰고 나타나서는 며칠씩 머물다 갔다. 딸은 늘 빈손이었다. 과일이나 음료수 같은 선물을 사 들고 온 적이 없었다. 그것을 굳이 서운하게 여기지는 않았었다. 하지만 집에 오자마자 냉장고부터 뒤지는 딸의 뒷모습을 볼 때마다 착잡해지곤 했다. 여씨의 냉장고에는 음식들이 가득했다. 이웃들은 자식에게 선물받은 열대과일 바구니나 화과자 세트를 나누려 했다. 독거노인을 관리하는 동사무소 직원이 가져온 롤케이크나 카스텔라, 교회 신도들에게서 받은 비타민 음료와 떡, 잔치를 치르고 남은 돼지머리 고기도 마찬가지였다. 여씨는 매번 사양하지 않고 받았다. 그러나 손도 대지 않고 냉장고 안에 깊숙이 밀어 넣어버리곤 했다. 그 음식들은 모두 딸의 차지였다. 여씨의 집에서 지내는 동안 딸이 하는 일이라고는 오로지 먹거나 자는 것뿐이었다. 여씨가 밭을 일구고, 씨앗을 뿌리고, 상추나 오이 등을 수확하고, 깨와 고추를 말리느라 분주해도 퉁퉁 부은 얼굴로 구경만 했다.

조씨는 여씨의 밭일을 거들러 왔다가 잠든 딸을 본 적이 있었다. 막 떡을 먹어치운 딸은 툇마루에 누워 코를 낮게 골면서 자고 있었다. 낡은 티셔츠가 가슴 아래까지 밀려 올라가 볼품없이 늘어진 뱃살이 드러났다. 여씨는 조씨를 의식해 서둘러 딸을 깨우려고 했다. 그러나 조씨가 막아서며 애처롭다는 듯이 말했다. "저게 다 아파서 저러는 거야." 여기가, 라는 말을 덧붙이며 가슴팍을 손바닥으로 두어 번 문질러 보였다. 조씨는 여씨가 제일 처음으로 딸의 이혼 소식을 알렸던 사람이었다. 그러고 나서 다음 날, 마을에서 여씨의 딸이 이혼을 했다는 사실을 모르는 이가 없게 되었다. 여씨는 조씨에게 무심코 딸의 근황을 내뱉었던 일을 두고두고 후회했었다.

딸은 도시로 돌아가기 전날 밤에는 항상 여씨와 술을 마셨다. 직접 차를 몰고 나가 읍내에 있는 정육점에서 삼겹살 한 근과 소주 6병 묶음 하나를 사왔다. 그리고 마을 사람들 대부분이 잠들어 있는 야심한 시각에 술상을 차렸다. 모녀는 고기가 익어가는 불판을 사이에 두고 소주병을 비웠다. 대화는 없었다. 누구도 말을 하지 않았다. 인적이 드문 시골마을 특유의 적막만이 감돌았다. 술을 마시는 중간중간 여씨는 담배를 피웠고 딸에게 권하기도 했다. 평소 담배를 피우지 않는 딸은 그러나 여씨가 건네주는 담배는 받아 물었다. 그것이 그들만의 대화라고, 여씨는 내심 그렇게 생각하곤 했었다.

간간이 딸은 영문을 모를 웃음을 터뜨리며 고개를 까닥거렸다. 여씨는 딸의 고개가 아래를 향해 숙여지는 순간에만 딸을 유심히 살펴보곤 했다. 언뜻 보이는 딸의 머리통에는 머리숱이 별로 없었다. 그나마 남아 있는 머리카락도 푸석거렸다. 아직은 한창일 나이의 딸이었다. 여씨는 머리카락이 빠지는 이유를 묻는 대신 묵묵히 소주를 마셨다. 딸의 잔이 비어 있으면 그 잔에다 소주를 따라줬다. 잔이 채워지면 딸은 또 킬킬 웃었다. 여씨는 딸의 헛헛한 웃음이 행복하지 않은 삶에서

기인한다는 것쯤은 짐작할 수 있었다. 그래서 묻기가 두려웠다. 그녀도 지쳐 있었다. 날이 밝으면 밭에 나가봐야 했고 그 밭을 일구기 위해선 해야 할 일들이 너무 많았으며 혼자서는 아무리 종일 열중해도 감당할 수 없었다. 그러다 보니 일은 줄어들지 않고 자꾸만 쌓여갔다. 그게 여씨의 삶이었다. 단 하루도 쉽지 않았다.

별다른 대화가 없어도 술자리는 새벽까지 이어졌다. 여씨는 딸보다 먼저 취해 잠이 들기 일쑤였다. 눈을 떴을 땐 날은 이미 밝아 있었고, 맞은편에 있어야 할 딸은 자리에 없었다. 뒷정리는 여씨의 몫이었다. 그녀는 혼자서 술상을 치우다가 마당 한구석에서 생소한 물건을 발견하곤 했다. 딸이 슬그머니 놔두고 가버린 것들이었다.

맨 처음으로 딸이 버렸던 물건은 세계위인전집이었다. 표지에 인물 캐리커쳐가 그려진, 한눈에 봐도 아이들을 위한 책들이었다. 여씨는 어리둥절한 표정으로 딸에게 전화를 걸었다. 왜 이런 것을 두고 갔을까. 아니, 애초에 왜 이런 것을 샀을까. 통화 대기음을 들으며 그녀는 각 책등에 인쇄되어 있는 활자를 더듬대며 발음해봤다. 마, 틴, 루, 터, 킹, 마, 리, 퀴, 리, 마, 하, 트, 마, 간, 디, 프, 리, 다, 카알, 로, 마, 더, 테, 레, 사, 앤, 디, 워, 호올. 소리를 내어 읽기에 불편한 이름들은 어떤 암호문처럼 느껴졌다. 그날 여씨가 칠십 명의 이름을 모두 읽은 다음에도 딸은 전화를 받지 않았다.

여씨는 딸의 다음 방문을 기다렸다. 하지만 막상 딸이 나타나면 그 어떤 것도 묻지 못했다. 딸도 제대로 된 해명이나 대답을 하지 않았다. 여느 때처럼 며칠을 먹고 자며 보내다가 물건을 몰래 버린 뒤 떠나버렸다. 물론 여씨가 따져 물었던 적도 있었다. 그러나 딸은 비슬비슬 웃으면서 어물쩍 넘어가려고만 했다. 그런 딸에겐 어떠한 추궁도 분노도 소용이 없어 보였다. 이윽고 여씨는 스스로 납득하는 수밖에는 없다고 결론을 내렸다. 참아주는 것이 딸을 위한 몫이라는 생각이 들었고 때문에 노력했었다. 딸이 십여 년간 키우던 개를 버리기 전까지는 분명 그랬었다.


매캐한 연기 때문인지 뛰지 않았는데도 호흡이 불안정했다. 여씨는 치맛자락을 걷어 올려 얼굴과 목덜미를 닦았다. 쉴 새 없이 흐르는 눈물과 콧물, 땀이 귀찮았다. 시야가 가물가물했다. 눈앞에 펼쳐진 사태가 현실이 아닌 것처럼 희뿌옇게 보였다. 그러나 불길은 여전히 나아가고 있었다. 둔덕을 점령하기까지는 시간문제였다. 커다란 붉은 뱀이 둔덕 위 모모의 집을 노리며 꿈틀대는 것만 같은 장면에 두려움이 몰려왔다.

여씨는 기침을 연거푸 하면서도 불길과 둔덕 쪽으로 가까이 다가갔다. 불의 방향을 알아챈 이후부터 그녀의 시선은 줄곧 둔덕 위 모모의 집에 고정되어 있었다. 개집 정면에는 입구로 사용되는 구멍이 뚫려 있었다. 여씨는 그 입구를 보며 모모의 이름을 여러 번 불렀었다. 거세진 불길을 뛰어넘어 직접 구하기는 어려웠지만, 모모를 입구 밖으로 끌어내어 피신시키는 것은 가능할지도 몰라서였다.

그런데 아무리 불러도 응답이 없었다. 어쩐 일인지 기척도 없었다. 모모는 아주 조용했다. 도망쳤을 거라는 기대를 잠깐 가졌었지만, 가끔씩 개집이 들썩이며 모모가 아직 안에 있다는 사실을 주지시켜주곤 했다. 아마도 모모는 압도적인 무언가가, 도저히 이겨낼 수 없는 무언가가 가까워지고 있음을 알아차리고선 잔뜩 위축된 것 같았다.

여기에서 무엇을 더 할 수 있을까. 여씨는 막막했다. 집으로 뛰어가 양동이로 물을 퍼서 불길 위에 끼얹었어도 소용이 없었다. 일찌감치 신고를 해봤지만 역시나 소득이 없었다. 신고를 접수한 구급대원은 차분한 목소리로 밭의 면적과 불의 규모를 물었다. 그러더니 여씨를 안심시키려고 했다. "요즘에 이런 신고 많이 들어옵니다. 침착하게 계시면 곧 도착할 겁니다." 하지만 소방차가 도착할 기미는 좀처럼 보이지 않았다. 근래에 봄맞이 준비로 여기저기서 밭이나 논을 태우는 탓에 한창 바쁠 시기였다. 여씨도 알았다. 이 불은 산불로 번질 만큼 위협적이진 않았다. 그렇지만 조그마한 개집 하나를 태우기에는 충분했다.

뜨겁게 가열된 공기 중으로 그을음이 떠다녔다. 이만 자리를 피해야 했다. 불길을 쫓아가거나 지켜보고 있는 것은 어리석은 행위였다. 불이 잦아드는 데 도움도 되지 않았다. 모모를 구하기 위해서라면 차라리 마을 사람들에게 도움을 요청하는 것이 더 빠른 방법일 것이었다. 하지만 여씨는 잠시라도 그 자리에서 벗어날 수가 없었다. 자리를 떠나는 그 순간, 불이 붙어 몸부림치는 모모가 생생하게 그려지곤 했다.

사방으로 퍼지는 연기 속에서 여씨는 갑자기 충혈된 눈을 크게 떴다. 연기 너머 어딘가에서 소리가 들려왔다. 다다다다, 하는 요란스러운 소리는 모터에서 날 법한 소리였다. 누군가가 경운기를 타고 여씨의 밭 근처 길목을 지나고 있는 것이 틀림없었다. 그에 여씨가 양 팔을 번쩍 들고 휘저으며 소리를 질렀다.

"타고 있어요!"

일순간 모터 소리가 멎었다. 여씨는 다시 터져 나오려는

기침을 간신히 참으며 띄엄띄엄 말을 이어갔다. 불을 끄게 도
와달라는 외침에 대답한 건 어떤 남자였다. "네?"하고 되묻는
목소리에 여씨는 다시 소리쳤다.

"다 불타고 있다고!"

"뭐라고?"

여씨는 분명하게 알아듣는 반면, 남자는 그렇지 못했다.
대화는 자꾸만 엇갈렸다. 이렇게 선명하게 들려오는데 왜 엉
뚱한 대답만 하는 걸까. 여씨는 묘하게 약이 올랐다. 마을 사
람들 중 누구인지를 알아내기 위해 남자의 목소리에 집중했
다. 그러나 들으면 들을수록 낯설게 느껴졌다. 이십여 가구도
안 되는 마을에서 사십 년이 넘게 살았는데도 알지 못하는 누
군가가 있을 수 있다니. 그때, 연기 너머의 남자가 유쾌하게
말했다.

"싹 다 태워버리쇼."

경운기 모터가 다시 가동되었다. 시끄러운 모터 소리는 이
내 자취를 감췄다. 여씨는 입을 벙긋거리다가 그녀의 손이 남
자가 사라진 방향을 향해 계속 움직이고 있음을 깨달았다.


딸의 마지막 방문은 한 달 전이었다. 보지 못한 사이 딸은
몸무게가 많이 늘어 있었고 그래서인지 더 늙어 보였다. 딸은

매번 그랬듯이 여씨의 냉장고를 뒤졌고, 집 안 아무 곳에서나 누워 잠을 잤다. "또 뭘 버리려 왔냐."라고 농담하듯이 떠보는 여씨의 말에는 대답 대신 웃어 보였다. 그새 딸은 앞니를 하나 잃어버린 모양이었다. 불규칙한 치열 사이로 구멍이 나 있었다. 딸의 웃음소리는 바람이 쉭쉭 새는 소리처럼 차갑고 처량했다.

떠나기 전날 밤, 예상과 달리 딸은 술자리를 준비하지 않았다. 대신 여씨의 방으로 찾아왔다. 일일연속극을 보던 여씨는 방문을 열고 들어서는 딸에 당황했다. 여씨의 휘둥그레진 눈에도 딸은 말없이 장롱으로 갔다. 그리고 여씨의 옆자리에 이부자리를 깔았다. 이불과 베개에서 해묵은 나프탈렌 냄새가 풀풀 풍겼다. 정말로 같이 잠들 참인가. 여씨는 엉거주춤하게 앉아 딸이 잠자리에 드는 모습을 지켜봤다. 그러다 텔레비전을 끄고 천천히 곁에 누웠다. 딸이 일을 찾기 위해 도시로 떠난 이후로는 한 번도 같은 방에서 잠을 잔 적이 없었다. 문득 설명할 수 없는 아득함이 차올랐지만, 이것이 과연 좋은 감정인지를 확신할 수 없었다.

집 밖은 소란스러웠다. 새로운 해를 기원하기 위해 마을회관에서 제사를 지내고 있었다. 마을 사람들은 제사 음식을 나눠 먹고 술을 마시며 화투판을 벌였다. 싸움이 벌어진 탓에 경찰차가 다녀가기도 했다. 반면, 모녀가 함께 잠자리에 든 방은 고요했다. 시종일관 말이 없었던 딸은 뒤척이기를 반복하다가 한마디를 했다.

"여긴 여전하네."

딸의 말에 여씨는 이불을 말아 줬다. 괜스레 긴장이 되었다. 딸과 잠들었던 날이 까마득한 것처럼, 대화다운 대화를 나눈 적이 언제였는지 기억이 나질 않았다. 적어도 실수는 하고 싶지 않았다. 이윽고 여씨가 조심스럽게 대답했다.

"달라질 게 뭐가 있겠냐."

말문이 열린 것이 시작이었다. 딸은 별안간 말이 많아졌다. 비교적 무난했던 유년기부터 시작해서 어떤 옷을 입고 무슨 일을 하든 아름다울 수밖에 없었던 시절, 비록 실패로 끝나긴 했어도 그 정도면 괜찮았다고 자부할 수 있다는 결혼생활에 대해 떠들었다. 장황한 이야기들 속에서 딸의 과거는 여씨가 알고 있는 것과는 다르게 포장되어 있었다. 딸은 아버지 없이 자랐다. 여씨의 남편은 아내와 딸보다는 다른 여자들을 사랑했고, 틈만 나면 집을 떠나고 싶어 했었다. 또한 여씨가 생각하기에 딸은 예뻤던 적이 없었다. 일찍이 공장에서 장시간의 노동을 하며 삶을 꾸려나갔던 탓도 있겠지만, 여씨를 빼닮은 외모도 한몫했다. 그리고 결혼은 딸에게 가장 큰 지옥이었다. 여씨가 알기론 그랬다. 여씨의 남편과 딸의 남편은 같은 사람으로 믿어도 될 만큼 닮은 구석이 많았으니까. 그들의 결혼생활은 여씨의 기준으로 괜찮은 결혼생활과는 거리가 멀었다.

그러나 여씨는 끼어들거나 묻지 않았다. 어찌 되었든 딸의 삶이었다. 여씨는 입을 다무는 것만이 그것을 이해하는 방식이라고 여겼었다. 딸의 이야기는 멈출 기미가 보이지 않았다. 엄마, 나는 그랬었어, 정말 그랬었어, 정말로. 여씨는 그런 딸에게 적당히 맞장구를 쳐주며 응수했다. 그러다 깜빡 졸았다.

잠깐이었지만 꿈을 꿨다. 아니면 꿈과 같은 상상이었거나. 꿈이든 상상이든, 거기에서의 딸은 여씨가 알던 딸과 달랐다. 딸이 말했던 것처럼 예뻤고, 남편과 함께였고, 그런 딸을 흐뭇하게 바라보던 여씨의 남편은 온화하게 웃고 있었다. 그래서 여씨는 그것이 꿈임을 알아챘다. "이건 다 거짓말이네."라고 무심코 말을 내뱉은 순간, 여씨는 자신이 졸았다는 사실에 놀라 잠에서 깼다.

여전히 밤이었다. 어두운 방 안엔 침묵이 내려앉아 있었다. 여씨는 아무것도 보이지 않는 허공에 시선을 두었다. 잠시 여기가 어디인지, 무엇을 하던 중인지를 잊어버렸다. 그러다 서서히 지금 있는 곳이 방이며 딸과 이야기를 하던 중이었

다는 것을 기억해냈다. 여씨는 자신이 졸았다는 사실을 눈치
챈 것은 아닌지 딸의 기척을 살폈다. 딸은 말이 없었다. 드디
어 잠들었는지 조용했다. 마을 제사도 파한 모양인지 어떤 소
리도 들리지 않았다. 여씨가 안도하며 다시 눈을 감았다. 그
때, 딸의 목소리가 불쑥 튀어나왔다.

"엄마."

여씨는 곁눈질로 옆에 누운 딸을 바라봤다. 새까만 어둠
속에 딸은 완전히 파묻혀 있는 것처럼 보였다. 보이지는 않았
지만 그래도 알 수 있었다. 딸은 눈을 뜨고 있었다. 여씨가 말
없이 딸의 다음 말을 기다렸다. 짧지 않은 틈을 두고 나서 딸
이 다시 여씨를 불렀다.

"엄마."

여씨는 딸이 고개를 돌려 자신을 보고 있다는 것을 느꼈다.

"엄마는 왜 아무것도 묻질 않아?"

무엇을? 이라고 여씨가 미처 대답하기도 전에 딸은 화제
를 바꿨다. "모모가 암이래." 모모는 딸이 키우는 하얀색 말
티즈였다. 사람 나이로 환산하면 노년을 훌쩍 넘겼을 정도로
늙은 개였다. 딸이 이혼을 하면서 건질 수 있었던 유일한 몫
이기도 했다. 아, 개도 암에 걸리는구나. 여씨는 놀라움과 동
시에 안쓰러움의 감정들이 마구 뒤섞이는 것을 느꼈다. 딸에

대해 모르는 것은 많았지만, 딸에게 모모가 어떤 의미인지는 알고 있었다. 여씨는 망설이다가 딸 쪽을 향해 손을 뻗었다. 어둠 덕분인지 어느 정도 용기가 났다. 여씨의 손과 딸의 손이 닿기 직전, 딸은 나지막한 목소리로 말을 이었다.

"나는 애초에 패를 잘못 쥐고 태어났다는 기분이 들어."

그 말을 끝으로 딸은 입을 꾹 다물어버렸다. 곧이어 규칙적인 숨소리가 고르게 퍼졌다. 여씨는 괜스레 냉기가 들어 이불을 머리끝까지 덮어썼다. 한겨울에 오롯이 남겨진 것처럼 손과 발이 차가워졌다. 그녀는 몸을 웅크리고 덜덜 떨다가 겨우 잠이 들었다. 악몽을 꾸지 않았지만 지독하게 무거운 잠에 시달렸다.

딸은 새벽에 떠났다. 딸이 돌아갈 채비를 하는 동안 여씨는 내내 깨어 있었다. 그리고 딸의 자동차가 마을을 벗어날 즈음에 천천히 일어났다. 방 밖으로 나와 보니 툇마루 위에 상자가 하나 놓여 있었다. 여씨는 상자를 열어봤다가 손바닥으로 황급히 코를 틀어막았다. 비좁은 상자 안에는 똥과 오줌으로 뒤범벅된 채 혀를 내밀고 쌕쌕이는 개 한 마리가 있었다. 장시간 갇혀 있었는지 온몸에 똥이 덩어리째 들러붙어 그대로 굳어 있었다. 개의 복부에는 큼지막한 혹이 흉물스럽게 달려 있었다.

딸은 개를 놔두고 간 뒤로 여씨의 집에 오질 않았다. 연락도 받지 않았다. 집 마당에 풀어놓은 모모는 날마다 대문 주위를 얼쩡거리며 짖곤 했다. 상태도 빠르게 나빠졌다. 밤낮을 가리지 않고 덮쳐오는 고통에 괴로워했다. 어느 순간엔 극렬한 통증을 감각하는 듯 캉캉캉! 짖다가도, 죽음을 앞두고 주인에게 버림받았다는 사실을 알고 있는 것처럼 슬프게 낑낑 댔다. 조씨는 개 때문에 잠을 설쳤다고 불편한 기색을 내비쳤었다.

"꼭 누가 죽은 것처럼 울어대더라고. 불길하게."

그래서 여씨는 이웃집과 거리가 있는 둔덕에 개집을 만들었다. 그리고 마당에 묶어뒀던 모모를 잡아끌었다. 모모는 끌려가지 않으려고 안간힘을 쓰다가도, 복부의 혹이 지면에 닿으면 괴로운지 다리를 바짝 들고 어쩔 수 없이 따라왔다. 집을 옮긴 뒤 모모는 적극적으로 반항을 했다. 여씨가 개집 앞 그릇에 음식 찌꺼기를 부어주려고 다가가면, 으르렁대며 팔을 물려고 들었다. 그에 여씨는 화가 났다. 솔직히 그녀는 왜 이 개의 마지막 순간을 보살펴야 하는지를 이해할 수 없었다. 그리고 이 이해할 수 없는 공식이 그녀의 삶에서 왜 자꾸 반복되는지도.

여씨는 그녀의 손을 내려다봤다. 피부가 벗겨진 손바닥이 갓 태어난 아기처럼 새빨갰고 번들거렸다. 불을 멈출 수 없다는 생각에 미치자, 그녀는 자신도 모르게 달려들었다. 그리고 손을 뻗었다. 어떻게든 불을 움켜쥐고 떼어내려는 듯이. 그러나 불은 잡을 수 없었다. 깊은 화상만이 새겨졌다. 여씨는 낙담하듯이 천천히 뒷걸음쳤다. 그녀는 불길이 지나가 타버린 자리를 밟으며 생각했다. 더 이상 할 수 있는 일은 없다는 사실을. 우연히 닥쳐온 최악의 상황을 잠시라도 지체시킬 수 있는 방법 따위는 그 어디에도 없다는 것을. 그렇기 때문에 지금 완벽하게 무력하다는 것을.

너를 왜 구하고 싶을까. 모모를 구하고 싶으면서도 왜 구해야만 하는지에 대해서는 의문이었다. 이 절박함은 어디에서 기인하는 것인지도 몰랐다. 모모는 그녀에게 어떠한 특별함도 갖지 못했다. 원하지 않았던 존재, 그저 떠맡겨진 존재였다. 하지만 잃게 되면 견딜 수 없을 것 같았다. 무엇보다도, 그렇게 되면 딸을 영원히 잃을 것만 같았다. 여씨는 뒤늦은 공포에 휩싸였다.

이제 불길은 모모의 집을 에워싸고 있었다. 파란색 페인트가 열기에 녹아 눈물처럼 흘러내렸다. 여씨는 망연자실하여 그 광경을 지켜보다가 놀랐다. 입구 밖으로 삐져나온 무언가.

그것은 누렇게 변색된 모모의 작은 주둥이였다. 모모의 주둥이는 코를 벌름거리며 부산스럽게 움직였다. 그러다 여씨가 있는 방향에서 그대로 멈췄다. 여씨는 있는 힘을 다해 소리를 질렀다.

"모모!"

모모의 주둥이가 움찔거리며 반응했다. 나와, 모모. 빠져 나와. 나올 수 있잖아. 여씨는 그렇게 말했다. 하지만 모모는 여전히 주둥이만 내민 채로 큰 움직임을 보이지 않았다. 뜨거운 불이 다가오고 있어도 무서워하는 기색이 없었다. 바로 그 순간이었다.

"캉!"

모모는 크게 한 번 짖었다. 여씨는 입을 벌렸다. 뭔가를 더 소리치고 싶었지만 목소리가 나오지 않았다. 장시간 연기를 들이마신 탓일까. 목 안이 쩍쩍 갈라지며 쇳소리가 났다. 여씨가 목을 가다듬는 동안에 모모의 주둥이는 다시 개집 안으로 사라졌다.


여씨의 남편은 병이 들어 기력이 전부 빠지고 나서야 집으로 돌아왔다. 남편은 여씨와의 결혼생활 내내 밖으로만 나돌았던 사람이었다. 남편은 안방에 누워 시시때때로 기름지거나 달콤한 음식을 요구했다. 여씨는 택시를 불러 읍내로 나가 남편이 원하는 음식들을 사다 날랐다. 마을 사람들은 여씨의 극진한 보살핌에 감탄했다. 그들 중 일부는 아직도 그녀가 남편을 사랑하고 용서하고 싶어 하는 것에 대하여 질겁하며 수군대기도 했다. 그러나 여씨는 자신의 행동에는 그 어떤 감정도 담겨 있지 않다는 것을 알았다. 단지 그녀의 인생에서 벌어진 일이기 때문에 감수하는 것뿐이었다.

남편은 뻔뻔하고 당당하게 여씨에게 요구를 하다가도 울음을 터뜨리곤 했다. 여씨가 기저귀를 갈아줄 때도 울었고, 변비약으로도 해결되지 않아 여씨의 손으로 직접 관장을 받으며 가죽만 남은 엉덩이를 보여줄 때도 울었고, 돈가스를 씹고 아이스크림을 깨물다가도 울었다. 그렇게 울다 지치면 남편은 집에서 나와 둔덕을 기어 올라갔다. 창고에 보관해뒀던 농약 한 병과 소주 한 병을 들고서였다. 남편은 농약병을 어루만지다가 소주를 마시며 또 울었다. 그런 남편이 앉아 있는 둔덕 아래에서 여씨는 팔짱을 낀 채 지켜보고 서 있었다.

여씨는 남편을 보며 웃었다. 웃음이 나오는 건 정말 진심으로 웃기기 때문이었다. 남편은 끝까지 이기적이었다. 죽지도 못할 거면서 그러지 마요. 죽을 게 아니면 그러고 있지 마요. 여씨는 그런 말을 했던 거 같았다. 진짜로 내뱉은 말이었는지는 기억나질 않았다. 그러나 남편의 커다란 눈. 여씨의 웃음을 보고 호선을 그렸던 그 눈만은 지금도 생생하게 기억이 났다.

남편은 집에 돌아온 지 반년 만에 자살을 했다. 여씨는 밭을 살피다가 둔덕 위에 쓰러져 있는 남편을 발견했다. 그의 곁에는 농약병이 놓여 있었다. 유서는 없었다.

남편의 장례식은 간소하게 치러졌다. 여씨와 딸은 울지 않았다. 평생 부재했던 가장을 위해 남겨둔 슬픔 따위는 없었다. 조문객으로 온 마을 사람들은 수군거렸다. 그래도 사람이 죽었는데 말이야. 그럴수록 여씨와 딸은 더욱 단단하게 입을 다물었다. 다만 딸은 화장된 유골의 재를 바닷가에 뿌리면서 지친 듯이 한마디를 했다.

"자꾸 수치스러운 일에만 연루되는 거 같아. 내 인생이 말이야."

그 말은 줄곧 여씨가 하고 싶었던 말과 같았다.


모모의 집에 불이 붙었다. 여씨는 개집이 불타는 것을 지켜봤다. 화학용품이 타는 연기는 아주 검었다. 위로 치솟은 연기가 괴상한 악마의 얼굴처럼 형상화되었다가 흩어졌다. 여씨가 무릎을 꿇었다. 산소가 부족해서인지 이상하게 졸음이 몰려왔다. 모모는 울부짖지 않았다. 어떤 비명도 없었다. 불이 밭을, 개집을, 모모를 집어삼키면서 내는 타닥거리는 소리만 세상에 남았다. 그 소리에는 고통도 절망도 없었다. 평화로운 기운만이 감돌았다. 여씨는 맥이 탁 풀리며 그대로 쓰러졌다. 얼굴에 닿은 흙이 포근했다.

그제야 여씨는 이 모든 파괴와 소멸의 순간이 놀라울 정도로 상냥하다는 것을 깨달았다.

휴거

집 안의 전기가 나가고 나서야 소녀는 비가 오고 있음을 알아차렸다. 시야를 덮친 새까만 광경 속에서 빗줄기가 지면을 때리는 소리만은 선명했다. 예고 없던 비 소식에 소녀는 휴대폰 화면을 들여다봤다. 전화와 인터넷 연결이 끊겨 있었다. 정전 때문에 통신망에도 문제가 생긴 모양이었다.

그때 오른편에서 느릿느릿한 목소리가 들려왔다.

왜 깜깜해졌어?

소녀가 고개를 돌렸다. 파랗게 빛나는 수조 앞에 꼬맹이가 쪼그려 앉아 있었다.

집 거실 한구석에 비치된 수조에는 보조배터리가 연결되

어 있어서 정전의 영향을 받지 않았다. 수조의 조명에 어렴풋하게 비치는 꼬맹이는 입을 벌린 채 천장을 올려다보고 있었다. 별안간 닥친 어둠에 겁을 먹은 눈치였다. 저거, 물고기, 물고기 봐, 라고 소녀가 말하자 꼬맹이의 시선이 수조로 향했다. 희멀건 잉어 한 마리가 천천히 움직이며 입을 뻐끔거리고 있었다.

하파파파……

잉어의 입 모양을 흉내 내는 데 정신이 팔린 꼬맹이를 보며 소녀는 시선을 돌렸다. 정전과 같은 돌발 상황을 맞닥뜨릴 때면 어떻게든 관심을 돌려놔야 했다. 지난 2년간 꼬맹이를 돌보면서 터득한 나름의 요령이었다. 그렇지 않으면 자꾸만 물을 것이고 아무리 대답을 해줘도 좀처럼 이해를 하지 못해 계속 묻다가 결국에는……

갑자기 무언가가 불쑥 튀어나와 눈앞을 가렸다.

왜애애?

소녀는 깜짝 놀라 휴대폰을 떨어뜨렸다. 난데없이 얼굴을 들이밀었던 꼬맹이가 뒤로 물러나며 씩 웃었다. 드러난 치열은 고르지 못했고 구멍도 군데군데 나 있었다. 초등학교에 입학한 뒤로 꼬맹이의 유치는 하나둘씩 빠지기 시작했다. 빈자리엔 조만간 영구치가 차곡차곡 들어서겠지. 소녀는 어쩐지 그 생각이 아득하게 느껴졌다. 절대 올 수 없는 일을 막연히 기다리는 것처럼. 얼마간 꼬맹이를 바라보던 소녀가 어둠 속을 더듬거리며 휴대폰을 찾았다. 꼬맹이는 말을 이어갔다.

깜, 깜, 한,

그만

거, 왜?

그만해.

왜!

꼬맹이가 기어이 주저앉았다. 그리고 몸 전체를 힘껏 튕겨댔다. 충격이 고스란히 전달된 거실 바닥이 둥둥 울리기 시작했다. 소녀는 황급히 버둥거리는 깡마른 몸을 붙잡았다. 그러나 말리면 말릴수록 소란은 심해졌다. 비위를 잘 맞춰줬다고 생각했는데 어디에서부터 어긋나버렸을까. 또 시작이네, 라는 말을 끝마치기도 전에 노크 소리가 들렸다. 현관문이 위치한 방향으로 소녀가 고개를 돌렸다.

제발, 아기가 깬다고요.

아래층 여자였다. 갓 돌을 넘긴 아래층 여자의 아기는 자주 울었다. 아래층 여자는 그 이유를 바로 위층인 소녀의 집, 정확하게는 꼬맹이 때문이라고 여기는 것 같았다. 그럴 수도 있지만 꼭 그렇지만도 않은데. 아래층의 옆집에서는 시끄러운 쌍둥이 형제를 키웠고 아래층의 아래층에서는 시도 때도 없이 베란다로 나와 뒈져라, 뒈, 뒈져! 라고 고함을 지르는 중년 남성이 살았다. 그럼에도 불구하고 아래층 여자는 매번 소녀의 집만 찾아왔다.

아래층 여자의 노크는 계속되었고 꼬맹이는 멈출 기미가 보이지 않았다. 더 이상 버티는 것은 누구에게든 불필요한 소모일 뿐이었다. 소녀는 현관문 쪽을 응시하면서 동시에 손은 꼬맹이 쪽으로 뻗었다. 몇 번의 헛손질 끝에 꼬맹이의 허벅지가 손아귀에 잡혔다. 체온이 한껏 오른 피부는 무척 부드러웠다. 이제는 어쩔 수가 없었다. 소녀의 손이 허벅지 가장 안쪽 부분으로 옮겨갔다. 그리고 망설임 없이 살을 비틀어 올렸다.

끄압, 압, 압, 압!

꼬맹이가 비명을 질렀다. 날카로운 고통에 잔뜩 힘이 들어간 작은 몸이 꼿꼿해졌다. 현관문을 두드리던 소리가 멈췄다. 한동안 집 안 동태를 살피던 아래층 여자의 기척은 비명이 멈출 기미를 보이지 않자 서둘러 계단을 내려가는 걸음 소리로 이어졌다. 아마도 두려웠던 것이리라. 닫힌 문 너머에서 벌어지는 남의 일에 관여하는 순간, 온전한 남의 일은 더 이상 남의 일만은 아니게 되는 것이니까. 그건 책임이 되어버린다. 그리고 그런 책임은 정말이지…… 번거로우니까.

아래층 여자의 기척이 사라지고 나서도 한참 뒤에 소녀는 손에 힘을 풀었다. 꼬맹이가 힉힉거리며 숨을 골랐다. 하지만 그 호흡 속엔 기쁨이 묘하게 서려 있었다. 아니나 다를까 꼬맹이가 헤헤, 하고 웃었다. 소녀가 꼬맹이를 이용하면 반드시 그에 상응하는 대가를 치러야만 했다. 꼬맹이는 그 사실을 이용할 줄 알았다. 만약 요구를 들어주지 않으면 다시 울게 될 것이다. 그래, 뭐 할까? 라고 소녀가 먼저 물었다.

꼬맹이는 놀이터에 가자고 했다.

*

정전이 되기 전까지 그녀는 자신 있었다. 오늘이야말로 늦지 않으리라 굳게 마음먹었던 참이었다. 단상에 서 있는 목사의 축도가 끝나자마자 교회를 나서기 위해 핸드백까지 끌어안고 있었다. 남은 예배 시간은 5분 정도.

그녀는 어제를 떠올렸다. 저녁 예배가 끝나고 몇몇 신도들과 식사 겸 가벼운 술자리를 가졌다가 자정 직전에 귀가했었다. 불도, TV도 켜지지 않은 집 안으로 들어서자 수조 앞에 앉아 있는 꼬맹이가 눈에 띄었다. 잉어를 키우게 된 이후로 곧잘 목격했던 광경이라 놀랍지는 않았다. 인기척을 느꼈을 텐데도 꼬맹이는 뒤를 돌아보지 않았다. 그녀가 안방으로 향하기 위해 막 발걸음을 떼려던 찰나, 꼬맹이가 입을 열었다.

피라미가 자꾸만 불러.

피라미가 아니라 잉어.

잉어가 아니라 피라미.

매번 정정해줘도 꼬맹이는 내키는 대로 대답을 하곤 했다. 그러나 별다른 수가 있는 것도 아니어서 그녀는 대꾸하지 않았다. 수조만 빤히 바라보던 꼬맹이가 말을 이어갔다.

맨날 맨날 그렇게 늦어.

뭐?

무책임하긴.

그녀가 미처 반응하기도 전에 꼬맹이는 오늘도 아빠랑 잘 거야! 라고 외치고선 안방으로 들어가버렸다. 한동안 그녀는 우두커니 서 있었다. 평소 꼬맹이가 쓰는 단어도, 쓸법한 단어도 아니었다. 지능적인 면에서 여러 가지 문제가 있었지만 특히 언어능력에 어려움을 겪고 있는 터라 제 또래보다 미숙한 어휘와 어투를 사용했다. 무책임은 분명 다른 누군가에게 들은 것이다. 그녀는 안방과 딸의 닫힌 방문을 번갈아 바라보다가 밤을 새웠다.

그렇지 않아도 그녀는 최근, 책임에 대해 생각하곤 했다.

누구나 그렇듯 그녀도 살아가다 보니 선택을 해야 하는 순간이 오기 마련이었고 그때마다 최선을 골랐다고 믿었다. 그에 따른 결과가 예상한 대로일 수도 있고 또는 완전히 예상 밖일 수도 있다는 사실 또한 잘 알고 있었다. 어느 경우에든 대비해놓을 정도로 그녀는 철저했지만 그럼에도 불구하고 놓치고 마는 것들이 있었다.

지금의 남편은 꼬맹이를 이유로 들며 그녀와의 재혼을 망설였었고 중학생 딸 역시 마찬가지의 이유로 엄마의 재혼을 반대했었다. 그런 두 사람에게 할 수 있다고 설득했던 사람은 그녀였다. 하지만 결국 꼬맹이로 인해 남편과 그녀는 크게 다투곤 했다. 미리 설명했었잖아, 그럴 거라고 우리 꼬맹이는 그럴 거라고, 괜찮다고 했으면서 이제 와서 몰랐던 것처럼 마치 내가 사기라도 친 것처럼 굴지 마, 라고 남편이 말했을 때 그녀는 어떤 대답도 할 수 없었다. 근래에 교회를 자주 찾게 된 것은 그 때문이었다.

긴 축도를 마친 목사가 아멘을 외치자 신도들도 따라 외쳤다. 아멘. 그녀는 서둘러 자리에서 일어났다. 더 이상 꼬맹이를 통해서 남편일지도 혹은 딸일지도 모르는 자신에 대한 진심을 확인하고 싶지 않았다.

그녀가 막 걸음을 옮기려던 찰나, 일순간 교회 안이 먹물을 끼얹은 듯 어두워졌다. 신도들은 당혹스러워했다. 보이지 않는 상대에게 정전인가? 라고 묻거나 정전이겠지, 라고 답하며 웅성댔다. 비좁은 교회 안 여기저기에서 휴대폰을 이용한 불빛들이 켜졌다.

정리가 되지 않은 소란 속에서 차분한 음성 하나가 뚜렷하게 울렸다.

떠오릅니다, 네, 그때도 그랬죠.

그 소리는 단상 쪽에서 들려오고 있었다.

\*

생각보다 바깥은 더 어두웠다. 너무 어두워서 끝없는 허공 속을 막무가내로 헤매는 기분이 들 정도였다. 옥상에 올라선 소녀는 발걸음을 디디는 것이 두려웠다. 그러나 꼬맹이는 신이 나서 자신의 손목을 잡고 있는 소녀의 손을 뿌리치고 싶어 했다.

우비를 입고 나섰던 소녀와 꼬맹이는 정전으로 운행이 중단된 엘리베이터 앞에서 한동안 실랑이했다. 꼬맹이는 계단으로 내려가자고 했지만, 소녀의 집은 꼭대기 층이었고 계단과 계단 사이의 통로에는 자전거나 유모차나 재활용품들이 놓여 있었다. 그러다 다쳐, 다치면 병원 가잖아, 라고 소녀가 말하고 나서야 꼬맹이는 주저했다. 그러더니 옥상 위로 올라가 다른 동으로 넘어가자고 제안했다. 예전에 엘리베이터가 한 번 고장 났을 때 그런 식으로 옆 동 엘리베이터를 이용했던 적이 있었고 그걸 정확하게 기억하고 있었다.

거기도 마찬가지야, 지금은 다 똑같아.

소녀의 설득에도 꼬맹이는 단호했다.

다를 수도 있어. 그건 괜찮은 거야.

뭔가를 알고서 그러는 건지 그냥 아무렇게나 튀어나오는 건지 모르겠지만 가끔 꼬맹이가 내뱉는 말들은 이상하게 마음에 걸렸다. 결국 소녀와 꼬맹이는 옥상으로 올라왔다.

휴대폰 불빛에 의지하면서 소녀와 꼬맹이는 옆 동의 옥상문을 향해 걸어갔다. 아무것도 보이지 않았다. 다만 싸아아아, 하는 소리만은 또렷했다. 세상엔 때로는 비처럼 보지 않아도 알 수 있는 것들이 있어, 라고 2년 전에 만나 아빠가 되어준 남자가 말했던 적이 있었다. 남자는 말이 많았는데 어디선가 읽거나 전해 들은 이야기를 소녀에게 들려주곤 했다. 그 이야기들은 그다지 특별하지도 않았고 그것을 말하는 남자조차 제대로 이해하고 있는 것 같지도 않았지만 딱히 싫지 않았다. 자신의 딸이 된 소녀를 위한 어떤 노력처럼 느껴졌으니까.

빨리 가자. 빨리빨리, 응?

꼬맹이가 소녀의 손을 잡아끌며 재촉했다. 소녀는 자신의 눈높이보다 아래에 있을 꼬맹이를 향해 눈길을 돌렸다. 그러나 시야에 꼬맹이의 형체가 잡히지 않았다. 이 모든 어둠이 도통 눈에 익질 않았다.

*

단상 위에 서 있던 목사가 입을 열었다. 아마도 그날이었죠.

왠지 모를 위압감에 신도들이 저마다 자리를 찾아 앉기 시작했다. 그녀도 엉거주춤하다가 착석하고 말았다. 교회 안을 비추던 휴대폰 불빛들도 사라졌다. 주변이 정돈되자, 목사가 하던 말을 이어갔다.

목사는 그날을 회상했다. 재난처럼 정전이 찾아든 오늘이 1999년 그날을 떠올리게 했기 때문이었다. 약 20여 년 전 겨울의 그날은, 그가 아직 목사가 되기 전이었다. 당시 그는 직업이 없었다. 목적도 없었다. 그의 유일한 즐거움은 교회를 다니는 것이었다. 그날 목사는 새벽부터 분주했었다. 집회에 참석하기 위해서였다. 그를 비롯한 신도들이 차근차근 준비해 왔던 집회였다. 집회의 시작과 함께 멸망도 시작될 것이었다.

하늘이 쪼개지고 땅이 갈라지고 물이 메마른 자리에 용암이 흘러들어 세상을 집어삼키게 될 예정이었다.

그래도 걱정 없었다. 지옥 같은 멸망이 세상을 덮치기 직전, 하늘에서 찬란한 빛줄기가 내려와 그들을 공중으로 들어 올려 구원해줄 것이었다.

설레는 경험을 앞두고 목사는 너무 흥분해 있었다. 그래서 이른 시각에 집을 나섰다. 밤새 내린 눈으로 새벽길은 꽁꽁 얼어붙었다. 골목을 비춰야 할 가로등은 꺼져 있어 주위가 어두웠다. 그에 잠깐 고민했다. 구두 대신 스파이크가 달린 신발로 바꿔 신을 것인지, 동이 틀 때까지 기다려 시야를 확보한 뒤에 출발할 것인지를. 목사는 그냥 가기로 결심했다. 그리고 언 지면에 한 발을 내딛는 순간, 그대로 미끄러졌다.

쿵! 하는 소리가 크게 나며 뜨겁고 찌릿한 감각이 몸 전체를 슉 훑고 지나갔다. 눈동자가 돌아가 흰자를 번뜩였고 입가에 부글부글 거품을 물었다. 그렇게 두 시간을 보내고 나서야, 목사는 쓰레기를 수거하는 청소차 직원에 의해 간신히 발견되었다. 정상적인 일상으로 복귀하기까지는 꼬박 반년이 걸렸다. 목사는 병상에서 집회에 대한 소식을 전해 들었다. 집회가 끝나고 나서도 세상은 변함이 없었다고, 아주 멀쩡했다고 했다.

거기까지 이야기를 하고 나서 목사는 얼마간 입을 다물었다. 그러자 침묵을 깨고 교회 안 신도들 중 누군가 물었다.

저기 목사님, 목사님.

네, 말씀하시죠.

무슨 이야기인 줄은 알겠는데요.

네, 네.

무슨 말씀을 하시는 건지는 모르겠는데요, 목사님.

이번엔 단상 쪽에서 웃음소리가 났다. 킥, 크킥, 킥, 킥. 그녀는 작게 혀를 찼다. 진중하지 못하긴. 전체적으로 두툼한 몸집과 어울렸던 목사의 중후한 목소리는 어째서인지 어둠 속에선 간사하고 가벼웠다.

문득 그녀는 의심스러워졌다. 남편과 딸이 사이비가 아니냐고 물었을 때 여러 가지 근거를 대며 그럴 리가 없다고 확신했었는데 그 근거들이 무엇이었는지 되짚어 봐도 기억이 나질 않았다. 열한 평 남짓한 공간을 교회라고 선전했던 것도 미심쩍었다. 역시나 아파트 단지 옆 사거리에 있는 큰 교회로 옮겨야 할까. 혼잣말을 중얼거리면서 그녀는 자리에서 일어났다. 쓸데없이 지체한 것이 후회되었다. 그녀는 보이지 않는 누군가를 밟지 않도록 주의하며 걸었다. 그 순간,

콰콰콰콰쾅!

그녀는 깜짝 놀라 그대로 주저앉고 말았다. 교회 곳곳에서 비명이 터져 나왔다. 교회 안의 모든 휴대폰 불빛들이 일제히 목사 쪽으로 모였다. 목사는 손바닥으로 단상을 연달아 내리치고 있었다. 그리고 눈을 부릅뜨더니 소리쳤다.

내 뒤통수가 바닥에 쾅 하고, 응? 뼈가 드러나도록 세게 부딪쳤잖아요? 한겨울 길바닥에?

그녀는 자신도 모르게 응답을 하듯 고개를 끄덕였다.

나 죽는구나 싶었을 때, 피를 철철 흘리면서 바닥에 온몸을 비볐을 때!

어느새 그녀의 두 손이 겹쳐지며 깍지를 꼈다.

구원이 일어났다, 그 말이에요.


*


놀이터가 왜 좋아?

소녀가 묻자 꼬맹이가 활달하게 대답했다.

애들이 있어.

비 내리고 컴컴한 날에는 없어.

애들은 언제나 있어.

친구들이 있어서 좋은 거구나.

친구는 없어.

소녀는 왜 그런 생각을 해? 라고 물으려다 입을 다물었다.

학기가 시작되고 얼마 되지 않아서 꼬맹이는 친구를 사귀었고 생일파티에까지 초대되었다. 처음 있는 일이라며 남자는 꼬맹이의 손에 제법 값이 나가는 로봇 장난감을 선물로 들려보냈다. 꼬맹이는 새끼손가락만 한 물고기가 들어 있는 비닐봉지를 가지고 돌아왔다. 이건 피라미래, 나는 물고기 박사! 라고 좋아하던 꼬맹이를 위해 작은 어항을 마련해 준 것은 소녀의 엄마였다.

그런데 그건 피라미가 아니었다.

급격히 몸집이 커지는 물고기를 엄마는 질색했고 친구의 엄마에게 전화를 걸었다. 길지 않은 통화를 끝낸 뒤에는 잔뜩 상기되어 있었다. 엄마는 퇴근해 돌아온 남자와 밥을 먹으며 말했다. 저거 잉어래, 자기들은 피라미 안 키운대, 아니 분명 꼬맹이가 피라미라 했고 우리는 피라미라고 해서 키운 거라고, 그 한마디 했거든? 그 여자 대뜸, 달라고 달라고 그렇게 달라고오 해서 줬더니, 응? 그러더니 끊더라고? 남자는 된장국을 떠먹으며 뭘 그런 걸 가지고, 라고 말하며 넘어갔다. 그러나 꼬맹이가 더 이상 친구와 어울리지 않게 되자 뭘 그런 걸 가지고 따졌냐며 언성을 높였다. 그리고 보니 아마 그날

이후부터였던 것 같다. 친구가 없게 된 꼬맹이에게 놀이터는 하루에 꼭 한 번은 방문해야 하는 장소가 되었다.

하지만 소녀는 놀이터가 싫었다. 작년부터 소녀가 사는 아파트 동을 포함한 몇 개 동에 놀이터 접근 금지령이 떨어졌다. 처음 그 소식을 들었을 때 앞으로는 가지 마, 시끄러워지니까, 라고 엄마는 말했고 소녀는 미소만 지었다. 하고 싶은 일을 하지 못했을 때의 꼬맹이를 알면서도 엄마는 쉽게 지시를 내리곤 했다. 재혼을 결정한 뒤 남자와 엄마는 꼬맹이와 놀아주는 일이 소녀의 몫이라고 했고 그것이 누나로서의 의무라고 덧붙였다. 따라서 매일 놀이터에 가고 싶어 하는 꼬맹이를 챙기는 사람도, 데리고 가지 않으면 온갖 투정을 받아내야 하는 사람도 소녀가 되었다.

같은 주소지를 사용하면서도 누군가에게만 허락되지 않는 장소가 있다는 사실은 허풍처럼 느껴졌다. 접근 금지령이 떨어졌다고 했지만 딱히 막아서는 사람도 없었으므로 소녀는 전과 다르지 않게 꼬맹이와 놀이터를 방문했다. 하기야 고작 놀이터일 뿐인데……. 그렇게 생각했었고 우스웠지만 막상 겪어보니 웃을 수 있는 일이 아니었다.

얼마 전, 가을의 볕이 내리쬐던 오후였다. 어김없이 꼬맹이를 데리고 나왔던 소녀는 놀이터 근처에서 아래층 여자를

발견했다. 유모차를 끌고 있던 아래층 여자 앞에는 경비원이
서 있었다. 아래층 여자는 몹시 지친 얼굴을 하며 물었다.

여기도 안 돼요?

경비원은 끝까지 놀이터 산책로를 가로막고선 비켜주지
않았다. 아래층 여자가 애원이 섞인 항의를 이어갔지만 소용
이 없었다. 경비원이 아래층 여자만큼이나 지친 얼굴을 일그
러뜨리며 중얼거렸다.

나는 시키는 대로 하는 거야. 그뿐이라고.

아래층 여자는 창백한 얼굴로 방향을 틀었다. 그리고 자기
가 사는 아파트 동을 향해 터덜터덜 걸어갔다. 아래층 여자의
뒷모습을 지켜보던 소녀가 꼬맹이의 손목을 꽉 잡고 발걸음
을 다급히 돌렸다. 놀이터에서 멀어지려고 하자 꼬맹이가 악
을 쓰며 아스팔트 바닥에 드러누웠다. 여전히 산책로를 막아
선 경비원이 빤히 쳐다봤다. 소녀는 빨리 그곳을 벗어나고 싶
었다. 그래서 꼬맹이의 발목을 잡고선 그대로 질질 끌었다.

집에 돌아와 보니 꼬맹이의 몸 곳곳에 쓸린 상처가 생겼고
피도 났다. 엄마는 소녀에게 화를 냈다. 뭐라고 설명할래? 이
걸 어떻게 설명할 거냐고? 엄마는 꼬맹이의 상태보다는 곧 퇴
근할 남자를 더 걱정하는 것 같았다. 긴 머리카락을 잔뜩 헝
클어뜨리며 어쩔 줄을 몰라 하던 엄마 대신 소녀는 꼬맹이에

게 연고를 발라줬다. 그때 초인종이 울렸고 엄마는 모습을 추스르지 않은 채 현관문을 열었다. 놀이터 출입을 거부당하고 돌아갔던 아래층 여자가 어느새 말끔하게 정돈된 모습으로 반듯하게 서 있었다. 아래층 여자는 호박전이 담긴 그릇을 내밀었다. 그러면서 빠르게 말을 쏟아냈다.

여기 사는 거 어떠세요? 오빠랑 저, 딱 계획을 잡고 들어온 거거든요. 분양 마음먹으면 못 가는 건 아닌데요, 그래도 앞으로 계획이 있으니까요.

엄마는 팔짱을 낀 채 그릇을 받지 않았지만 아래층 여자는 말을 멈추지 않았다.

변했어요, 정말 모든 게 다요.

아래층 여자는 이 아파트로 옮겨온 뒤로 아기가 변했다고 했다. 배고파 울고, 안아주지 않아 울고, 졸려서 울고, 초인종이 울려서 울고, 수도꼭지나 샤워기를 틀었다고 울고, 아파트 위로 비행기가 지나가서 울었다. 수많은 울음은 아파트 안을 산책하면서 나아졌었다. 그러나 이제는 그마저도 어렵게 되었다던 아래층 여자는 주저하다 본론을 꺼냈다.

여기가…… 문제거든요. 바닥을 구르고 내리찍는 소리가 자주 나던데, 뭐 공사하세요?

그러자 심드렁한 표정만 짓고 있던 엄마가 피식 웃었다.

우리 집 꼬맹이예요. 걔가 발버둥을 치는 거예요. 되지도 않는 것을 투정하면서요.

아아.

애가 모자라서 미안해요.

아, 그렇게까지 말하실 필요는…….

꼬맹이가요, 3급이에요.

네?

좋아질 수는 있는데 평생 낫지는 않는데.

저기요

말짱한 사람들이 아무리 느리게 가도오, 우리 꼬맹이는 죽어도 못 따라잡는다고오.

저기, 잠깐만, 잠깐만요

미안해요. 모자라서 미안한 데에, 그거 알아?

엄마가 양손을 들어 올리더니 머리를 마구 긁었다. 벅벅벅벅벅.

나보다 힘들어요? 응?

*

그녀는 눈을 크게 떴다. 그리고 할 수 있는 한 최대한 벌렸다. 눈을, 콧구멍을, 입을, 팔을 벌렸다. 목은 쭈욱 뺐다. 몸을 지탱하는 뼈마디가 쑥 빠져나갈 것 같은 기세로 힘을 줬다. 그녀뿐만이 아니었다. 교회에 있는 신도들 모두 그랬다. 벌려진 구멍마다 질금질금 물이 샜다. 눈물이, 침이, 오줌이, 땀이 나왔다. 고통이 치솟았다. 그러나 그건 어떤 환희를 불러일으켰다. 놀랍게도 그랬다. 더, 더, 더! 단상 위의 목사가 소리쳤다. 목사는 지금 이 바스러지는 고통을 기억하라고 했다.

내가요, 한겨울 땅바닥에서 피에 젖은 사지를 파득파득 떨고 있었을 때, 정말 끝장인 줄 알았단 말입니다?

목사가 격양된 목소리로 이야기를 이어갔다. 그가 싸늘한 바닥과 일체가 되었을 때, 세계는 놀랍도록 태연했지만 그의 세계는 무너졌었다. 와장창 부서지는 자신의 세계에서 그는 몸부림쳤다. 살고 싶다, 발이 미끄러져 죽는 건 싫다, 창피하고 아프지만 살고 싶다, 살 수만 있다면 살아보고 싶다, 이 절망으로 새롭게 살아보고 싶다. 그는 죽음을 향해 달려가면서도 도리어 죽음과 멀어졌다. 그리고 그가 깨어났을 때, 그는 더는 예전의 그가 아니었다. 이내 목사가 시키면 허공을 향해 주먹을 불끈 쥐며 흔들었다.

나요, 원래 쓰레기였어요. 개새끼도 그런 개새끼가 없었다고요, 내가. 근데 여러분, 지금 나를 봐요. 여러분의 스승이죠? 여러분의 아버지잖아요.

아멘!

당신의 바닥이 곧 당신의 구원입니다.

그녀가 벌떡 일어났다. 그리고 제자리에서 방방 뛰며 격렬하게 박수를 쳤다. 지금껏 그녀가 살면서 듣고 싶었던 단 한마디의 말이었다. 삶에서 맞닥뜨리는 지독한 바닥들을 구원으로 맞바꿀 수만 있다면, 이보다 더한 바닥을 디뎌도 상관없었다. 교회를 옮기지 않을 것이다. 그리고 다음엔 꼭 꼬맹이를 데리고 올 것이다. 가능하다면 남편도 그리고 딸도.

그녀의 눈가를 타고 눈물이 줄줄 쏟아졌다. 목사의 말을 믿었기 때문이 아니었다. 믿고 싶었기 때문이었다. 부딪치는 두 손바닥이 후끈거렸다.

자, 말씀 들어갑니다. 너희의 허물과 죄로 죽었던 너희를 살리셨도다.

짝짝짝짝짝짝

더 고통스러워하세요. 더 울부짖으세요. 더, 더, 더!

짝짝짝짝짝짝

명심해요, 여러분의 바닥이 뭐다?

구원이다!

짝짝짝짝짝짝짝짝짝짝짝짝짝짝짝짝짝……

*

옆 동 옥상 문은 잠겨 있었다.

꼬맹이가 그대로 누워 옥상의 축축한 바닥에 등을 비벼댔다. 꼬맹이의 손목을 꽉 잡고 있던 소녀의 몸도 사정없이 휘청거렸다. 소녀는 불편한 자세를 어떻게든 편하게 하고 싶었다. 하지만 비가 내리고, 정전이고, 출입 금지된 놀이터를 몰래 가기 위해 옥상까지 왔지만 결국 그 어디에도 갈 수 없다. 이런 상황에서 무엇을 하든 편해질 리가 없었다.

소녀는 온 힘을 다해 꼬맹이를 억지로 일으켜 세웠다. 제발, 응? 뭘 더 할 수 있어, 쫌, 쫌! 하고 애원을 해봤지만 꼬맹이는 몸부림을 쳤다. 소녀의 손이 또 한 번 꼬맹이의 허벅지를 움켜쥐었다. 끄압, 압, 아파, 빠, 아빠, 파! 라고 비명이 터져 나왔지만 힘을 풀지 않았다. 지긋지긋해, 라고 나직하게 중얼거리며 소녀는 고개를 저었다. 꼬맹이가 지긋지긋해서가 아니었다. 이 지긋지긋한 상황이 언제까지고 이어질 것만 같은 기분이 지겨웠다.

그 순간, 꼬맹이가 큰 소리로 외쳤다.

오늘은 17점!

뭐? 소녀가 되물으며 꼬맹이의 얼굴을 바라봤다. 드디어 어둠이 눈에 익었다. 꼬맹이의 얼굴을 어렴풋하게나마 볼 수 있었고 표정도 대충이나마 가늠할 수 있었다. 꼬맹이는 아주 똑바로 소녀를 노려보고 있었다.

17점이 뭐야?

소녀가 매섭게 물었다. 반드시 그 의미를 알아야 할 것 같았다. 꼬맹이는 대답하지 않았다. 소녀는 한 손으로 꼬맹이의 엉덩이를 때렸다. 그래도 반응은 없었다. 엉덩이를 때리는 힘은 점점 묵직해졌고 꼬맹이의 고개도 점점 숙여졌지만, 어떠한 소리도 새어 나오지 않았다. 소녀가 꼬맹이의 양 손목을 움켜잡고 거칠게 흔들었다. 그게 뭐냐고! 그러자 꼬맹이가 고개를 치켜들었다.

욕하면 1점! 때리면 2점! 둘 다면 3점!

뭐라고?

아빠가 그랬어. 나쁜 말 하고 때리고 그러면 숫자를 세랬어.

거짓말하지 마.

진짜 그랬어.

정말로 그랬다고?

아빠가 누나는 엄마랑 똑같이 나쁜 년이래.

하하! 하고 꼬맹이가 웃었다.

그러니까 오늘은 17점!

그녀는 홀가분했다. 실로 오랜만이었다. 교회에서 나와 집으로 돌아가면서 그녀는 찬송가를 콧노래로 흥얼거렸다. 짙은 어둠은 두려워할 것이 아니었다. 아파트 엘리베이터가 운행되지 않아 꼭대기 층까지 계단으로 걸어 올라가야 했고, 그렇게 통로에 놓아두지 말라고 해도 사람들이 슬그머니 놓아둔 물건들 때문에 넘어지고 비틀거리면서도 힘들지 않았다. 그래, 바닥은 구원이었다. 그제야 그녀는 자신의 인생이 진창에 구르기만 했던 이유를 알았다. 그녀의 빛은 남들의 빛이 소멸되어 갈 즈음에 홀로 고고히 빛날 것이다.

꼭대기 층에 다다랐을 때, 그녀는 아랫집인 15층 현관문이 열려 있는 것을 발견했다. 의아해하며 한 층 더 올라간 그녀는, 자신의 집 문 앞에서 서 있는 어렴풋한 인영을 발견했다.

거기서 뭐 해요?

문 앞에 서 있는 사람은 아래층 여자였다. 그녀는 휴대폰으로 아래층 여자를 비춰보며 조금씩 다가갔다. 아래층 여자의 몰골은 산뜻하다고는 할 수 없었다. 단정하게 묶고 다니던 긴 머리가 풀어 헤쳐져 있었고, 생기도 전혀 느껴지지 않았다. 아래층 여자의 품에는 아기가 곤히 잠들어 있었다. 귀신

같은 행색의 여자와는 달리 잠든 아기가 내뱉는 숨소리는 평온해 보였다. 그녀는 경계하듯 아래층 여자를 살피다가 조심스럽게 사과했다.

우리 꼬맹이가 또 난리였나 보네. 미안해요.

알아요. 그래도 때리는 건 좀.

때려요? 누가요?

그 집 아들이.

꼬맹이가요? 꼬맹이가 누굴?

아니 그 집 아들을요.

네?

누가…… 아니, 아주머니가 때린다는 말은 아닌데. 아까 와보니까 자지러지더라고요. 방금도 그랬고. 비명 같은 거. 끄압, 압, 압, 압, 그런 거.

그녀는 도대체 아래층 여자가 무슨 말을 하는 건지 알아들을 수가 없었다. 아래층 여자는 시종일관 횡설수설에, 그녀를 제대로 쳐다보지도 못했다. 그녀는 뭔가를 생각하다가 혹시 딸인가 싶어 현관문 도어락의 비밀번호를 빠르게 눌렀다. 그러나 집은 텅 비어 있었다. 휴대폰 불빛으로 여기저기를 비춰봤지만 아무도 없었다. 그녀는 어리둥절한 얼굴로 두리번거리다가 몸을 돌려 현관 쪽에 서 있는 아래층 여자에게 물었다.

방금도 그랬다고? 언제?

방금 전…….

우리 애들 없는데. 꼬맹이도 누나도.

아니에요, 분명 방금 그랬어요. 그래서 우리 애가 깼거든요.

그럴 리가 없다며 집 안으로 들어서려는 아래층 여자를 그
녀가 막아섰다. 그리고 찬찬히 아래층 여자를 훑었다. 하여튼
간에 시끄러운 사람이었다. 석 달 전에 이사를 와서 떡을 돌
렸을 때까지만 해도 명랑했었다. 그러나 아기가 울음을 그치
지 않으면서부터 조금씩 달라졌다. 집집마다 방문해서 서명을
받으려고 하지를 않나, 온갖 관공서에 탄원서를 제출하지 않
나, 방송국을 끌어들이질 않나. 게다가 고작 하나뿐인 아기는
어찌나 울어대던지.

하지만 그녀는 아래층 여자를 달래주기로 했다. 방향을 잃
은 눈동자를 힘없이 굴리며 금방이라도 무너질 것 같은 여자
에게 기꺼이 조언도 해주고 싶었다. 그녀의 손이 아래층 여자
의 어깨를 감쌌다.

그럴 때가 있지. 남 탓만 하고 싶을 때가 있어.

그게 아니라요.

힘들 땐 다 그래.

그게…….

지나갈 거야. 구원될 거야, 아기엄마.

그녀는 아래층 여자의 어깨를 두어 번 토닥여 준 뒤 현관을 나섰다. 문을 닫고 애들을 찾아본다며 올라왔던 계단을 다시 내려갔다. 그녀는 힐끗 뒤를 돌아봤다. 아래층 여자는 미동이 없었다.

*

아래층 여자가 호박전을 들고 찾아왔던 그날, 엄마는 음식을 받지 않고 그대로 돌려보냈다. 그리고 대충 옷을 껴입고선 교회로 가버렸다. 소녀는 꼬맹이가 좋아하는 김치볶음밥을 해줬지만 꼬맹이는 먹지 않았다. 그리고 퇴근해 들어온 남자를 보자마자 매달렸다. 꼬맹이는 남자의 품에서 소녀를 노려보며 손가락질했다.

아프다고 해도, 막, 나를 막,

너를 어떻게?

질질, 질질질,

남자는 소녀를 쳐다보지 않았다. 꼬맹이만 바라보다 이내 꼬맹이랑 똑같이 손가락으로 소녀를 가리키며 말했다.

실수였을 거야, 그치?

꼬맹이가 고개를 가로젓자 남자도 고개를 가로저었다.

실수였어, 사고였어, 그치?

미워.

아빠 틀린 적 없잖아.

응.

실수였어, 딱 한 번.

한참을 칭얼거리다 잠이 든 꼬맹이를 방에 눕혀놓고서 남자는 담배를 한 대 피웠다. 그러고선 꼬맹이가 먹지 않은 김치볶음밥을 먹어치웠다. 소녀가 그 모습을 지켜보고 있었지만 남자는 조용했다. 안방으로 들어가기 전, 소녀에게 지폐 몇 장을 건네줬을 뿐이었다.

그랬구나.

소녀는 꼬맹이를 마주 본 채로 말했다. 이제 알았지? 라고 꼬맹이가 말하자 이제 알았어, 라고 말해주었다. 남자는 다 알고 있었다. 앞에서는 실수라고 용돈을 건넸으면서도, 뒤에서는 실수라고 믿지 않았다. 그리고 꼬맹이의 눈을 보고 몰래 말했겠지. 욕하면 1점, 때리면 2점, 둘 다 하면 3점. 꼬맹이에게 말하는 법도 가르쳐줬을 것이다. 누나는 나쁜 년, 엄마도 나쁜 년, 아빠는 너만의 아빠.

소녀는 화가 나지 않았다. 다만 참을 수는 없었다.

병신.

이제 18점!

바로 그 순간, 시야 앞이 하얗게 폭죽이 터지듯이 밝아졌
다. 빛이 너무 밝아서 소녀는 끈질기게 붙잡고 있던 꼬맹이의
손목을 놓았다. 그리고 두 손으로 눈을 가렸다. 보지 않아도
빛이 보였다. 그리고 그 빛 속은 차가웠다. 줄곧 괴롭히던 지
겨움이 사라졌고 표현을 할 수 없는 어떤 감정이 머리끝까지
치솟았다가 빠르게 식는 기분이 들었다.

소녀가 눈을 떴을 때 세상은 밝았고 모든 것은 뚜렷했지만
꼬맹이는 보이지 않았다.

*

놀이터 쪽으로 걷던 그녀는 갑작스러운 불빛들에 눈을 찌
푸렸다. 단지 내 모든 불빛들이 한꺼번에 켜진 것이었다. 빛
은 너무나 아팠다. 그녀는 두 손으로 황급히 눈을 가렸다. 눈
이 시려서 눈물이 났다. 손바닥으로 눈물을 닦은 뒤 손을 뗐
다. 드디어 정전이 끝난 모양이었다. 시야가 한층 선명해졌
다. 그리고 그 선명한 시야 속으로 추락하는 무언가를 포착했
다. 뭐가 떨어지네, 라는 생각을 마치기도 전에 꽉! 하는 둔탁

한 소리가 귓가를 때렸다.

　그녀는 위를 올려다봤다. 아래층 여자가 베란다 난간 밖으
로 몸을 반쯤 내민 채 두 팔을 흔들고 있었다.

신 귀토지설

아버지는 사나이 인생이라는 말을 좋아했다. 그래서 말끝마다 사나이 인생을 붙이곤 했다. "사나이 인생, 한 방 아닙니까."라든가 "그것이 다 사나이 인생 아니겠습니까."라는 식으로 말하면서, 자신의 양쪽 가슴을 번갈아 쳐보였다. 두 주먹을 불끈 쥐고, 쿵쾅쿵쾅. 그런 아버지가 좋아하는 라면 역시 신라면이었다. 사나이 울리는 신라면. 심지어는 벌이는 사업도 사나이 인생다웠다. 매번 단 한 방에 망해서 아버지를 울렸던 것이다. 불공평하지만 세상에는 그런 인생들이 있다. KO승만 하는 인생 혹은 KO패만 하는 인생. 아버지는 후자쪽 인생이었다.

아버지가 벌였던 마지막 사업은 도박장과 성인 게임장이었다. 취사병 경력 하나 믿고 개업했던 매운탕 식당이 망하자, 아버지는 집을 나갔다. 그리고 한 달 만에 돌아와서는 좌식 테이블에 둘러앉아 점심을 먹고 있던 식구들 앞에다 봉투 하나를 턱 하니 내려놓았다. 봉투 안엔 끈으로 묶인 돈다발들이 가득했다. 난생 처음 보는 돈뭉치에 어머니가 놀라서 출처를 물었지만, 아버지는 "사나이 인생, 딱 한 방이었지!"라고만 대답하며 방의 오른쪽 벽면에 걸린 달력을 검지로 가리켰다. 88년 6월, 올림픽 개막일을 3개월 남겨둔 날이었다.

"88 올림픽, 바로 저거다."

그 말에 큰언니가 밥을 먹다 말고 일어나 양팔을 흔들어댔다. 학교에서 배운 올림픽 개막식 안무였다. 그러자 작은언니가 혀를 내밀며 약을 올렸다. 연년생인 언니들은 툭하면 그렇게 으르렁대곤 했다. 기어코 싸움이 난 언니들을 말리던 어머니가, 여전히 달력을 가리키고 있던 아버지에게 무슨 생각이냐 물었다. 아버지는 여자가 말이 많다며 눈을 부릅뜨고 어머니를 보더니 곧 큰소리를 탕탕 쳐댔다.

"사나이라면 모름지기 한 방을 좋아하는 진짜 사나이들을 상대로 돈 장사를 해야지. 걱정 마, 다들 그냥 날 따라오기만 하면 돼."

그렇게 선언한 뒤 아버지는 어머니에게 신라면을 2개 끓여오라고 했다. 그리고 라면을 먹자마자 가정집 겸 식당인 우리 집의 지하실로 내려갔다. 아버지는 식재료 창고로 사용하던 지하실을 비운 뒤 TV 몇 대, 책상, 의자 등을 새로 들여왔다. 동네 근처 경마장에서 사용하다 버린 낡은 배팅 칠판도 구해 와서, 창고 한쪽 벽면에 걸었다. 그렇게 간판은 매운탕집이지만 실상은 도박장인 아버지의 새로운 사업은 조금씩 모습을 갖추기 시작했다. 기대가 커질수록 아버지가 웃으며 가슴을 치는 횟수도 늘어났다. 그런 아버지를 볼 때마다 작은 언니는 손가락을 자신의 관자놀이 쪽에 대고 빙글빙글 돌리곤 했다.

우리 도박장 환전소는 식당 밖에 딸린 화장실을 개조한 것이었다. 88 올림픽이 다가오자 철저해진 경찰의 단속을 피하고자 함이었다. 화장실 안은 소변기 1개와 각 칸마다 좌변기가 하나씩 설치된 2칸의 공간이 전부였다. 아버지는 그 2칸 중 오른쪽 칸을 환전소로 만들고, 칸을 나눈 벽에 매표구도 만들었다. 그리고 그 구멍을 통해 배팅표나 돈이 오갔다. 도박장을 찾은 손님들은 화장실로 들어와 왼쪽 칸의 좌변기 뚜껑 위에 걸터앉았다. 벽을 3번 두드리면 휴지로 막아놨던 구멍이 열렸다. 그곳을 통해 손님은 무언가를 속삭였고 오른쪽 칸에 있는 누군가는 표나 돈을 건네곤 했다. 그 누군가는 늘 어머니였다. 당시 나를 임신했던 어머니는 하루 종일 입덧을 하며 손님을 맞이했다. 그러다가 가끔 견딜 수가 없어질 때 는 가슴을 쳤다. 아버지처럼. "어이쿠, 어이쿠!" 그럴 때마다 배 속의 나도 발로 어머니의 배를 찼다고 했다. "어이쿠, 어이 쿠!"

그렇게 도박장 개업을 준비하는 사이 9월이 왔고 올림픽 이 열렸다. 개막식 공연을 마치고 돌아온 큰언니는 식구들에 게 자신을 봤냐고 물었다. 그러나 그날은 개업 때문에 모두 바빠서 TV를 볼 겨를이 없었다. 그 때문에 시무룩해졌던 큰 언니와는 달리 올림픽의 열기는 갈수록 고조되어갔다. 우리 집 식당은 찾아온 손님들로 북적였다. 물론 그들의 목적은 지 하실에 있었다. 올림픽은 하나의 거대한 도박판이 되어버렸 고, 신이 난 아버지는 계속해서 손님을 부지런히 끌어왔다.

그러는 동안에 내가 태어날 날도 가까워졌다. 출산하는 날, 어머니는 아침부터 진통을 느꼈다고 한다. 그리고 환전소 에서 12번째 손님을 맞이할 때 양수가 터져버렸다. 12번째 손님이 벽을 3번 두드린 뒤 말했다. "레슬링, 한국, 김영남으 로 5장!" 어머니는 표에 도장을 찍어 주면서 이를 악물며 말했다. "곧 애가 나와요. 주인한테 말 좀 전해주세요." 그러나 12번째 손님은 말없이 표만 받고 나가버렸고, 한참 뒤에도 아버지의 모습은 보이지 않았다.

할 수 없이 어머니는 그 좁은 공간에서 혼자 다리를 벌리고 심호흡했다. 12번째 손님의 말을 곱씹으면서. "레슬링, 후아! 한국, 후아! 5장, 후아!" 그렇게 심호흡을 10번쯤 반복했을 때, 밖에서 사람들의 환호가 들려왔다. 동시에 어머니가 마지막으로 힘을 주었다. "후아후아, 5장!" 어머니는 내심 이번에야말로 아버지가 바라던 레슬링을 할 수 있는 튼튼한 사내아이이길 바랐다. 그러나 다리 사이에서 받아낸 나를 확인하고는 힘없이 내 등을 팡팡 쳤다. 맥이 없는 두들김에도 나는 맹렬하게 울어댔다. 아기 울음소리가 들리고 나서야 아버지는 달려왔고, 세 번째 딸임에 탄식했다. "사나이 인생에 사나이가 없다니?" 그리고 고개를 숙인 채 나를 안고 있던 어머니를 향해 원통하다는 듯이 가슴을 쳐보였다.

올림픽 특수를 탄 도박장은 고공행진을 이어갔다. 아버지는 국내대회부터 국제대회, 아시안게임, 올림픽 등 대회가 열릴 때마다 도박장을 열었다. 그리고 2000년 시드니 올림픽이 끝나갈 즈음, 식구들을 한자리에 모으고 말했다. "시대는 변

신 귀토지설 **225**

했어. 더 큰 것을 노려보는 거다." 그러면서 창고를 다시 비우고 이번엔 감시용 카메라와 비상구를 만들었다. 그 뒤 슬롯머신들을 들였다. 화려한 슬롯머신의 외관에 아버지는 감탄의 연속이었지만, 어머니는 한숨의 연속이었다.

슬롯머신 중 단연 인기 있던 것은 '바다이야기'였다. 아버지는 손님을 끌어모으려 여기저기 돌아다녔고, 나중에는 언니들도 거리를 다니며 손님을 모았다. 낯가림이 심한 큰언니는 제대로 못 했지만, 괄괄한 작은언니는 될 법한 사람들에게 다가가 명함크기 전단지를 주며 말했다. "바다 구경 좀 하실래요." 대개는 작은언니를 힐끔거리다 가버렸지만 더러는 알아듣기도 했다. 그렇게 가끔 언니들을 따라 손님이 오면, 아버지는 용돈을 주곤 했다. "계집애들도 한 건 할 때가 있구나."

이번에야말로 잘될 것 같았던 게임장은 그러나 곧 정체되고 말았다. 전국이 '바다이야기'로 들썩이자 단속이 더욱 강화된 것이다. 많은 게임장들이 문을 닫았고, 단속을 요리조리 잘 피해가던 아버지도 예외는 아니었다. 어느 날 배가 불룩나온 경찰관 한 명이 불쑥 식당을 찾아와, 매운탕을 주문했던 것이다. 아버지가 만일을 위해 준비했던 재료로 허겁지겁 매운탕을 끓이는 동안, 언니들은 비상구로 손님들을 탈출시켰고 나는 게임장 문을 자물쇠로 걸어 잠갔다. 환전소의 어머니도 상품권과 돈들을 치마폭에 싼 뒤 재빨리 빠져나갔다. 그러는 동안 경찰관은 쭈뼛거리며 곁에 서 있던 아버지에게 말했다. "매운탕은 안 팔고 묘한 짓거리를 한다는데?" 그에 아버지가 말없이 경찰관의 주머니에 흰 봉투를 찔러 넣었다. 그날, 경찰관은 매운탕을 싹싹 비우고 나서야 주머니를 만지작거리며 게임장을 나섰다.

경찰관은 자주 매운탕을 먹으러 왔다. 그러자 손님들이 발길을 끊었다. 경찰이 빈번히 드나드는 게임장을 찾는 사람은 아무도 없었고, 그 경찰관이 다른 지역으로 발령이 나 더 이상 오지 않았을 때도 마찬가지였다. 그때부터 아버지는 술에 손대기 시작했다. 그리고 어머니가 딸만 셋을 주르륵 낳은 것을 비관하며 술을 물처럼 마셔댔다. "이게 다 이 집에 사나이가 없어서다!" 날이면 날마다 취해 있던 아버지는 집 안 물건들을 부수고 던지며 소리 지르곤 했다. "사나이 없는 집에 사나이 인생은 개뿔!"

아버지가 잔뜩 취한 새벽엔 도저히 집 안에 있을 수가 없었다. 그때마다 어머니는 우리와 함께 지하의 게임장으로 피신했다. 그리고 게임장 바닥에 이불을 펴고 누웠다. 여전히 불을 깜빡이는 '바다 이야기' 슬롯머신에서는 해산물과 숫자 등이 느릿느릿 돌아갔다. 그것을 보며 우리 세 자매는 감탄했다. "와, 용궁 같다!" 어머니는 그 풍경을 바라보면서 우리 세 자매에게 토끼와 거북이 전설을 동화 구연하듯 이야기해주곤 했다. 대학생이었던 언니들과 고등학생이었던 내게 그 전설은 지루했지만, 어머니의 목소리가 좋아 잠자코 들었다. 토끼의 간이 필요했던 병든 용왕과 간을 찾으러 토끼를 끌어온 거북이와 결국엔 꾀를 부려 빠르게 멀리 도망칠 수 있었다는 토끼에 대한 이야기를.

그러던 어느 날, 여느 때처럼 술 취한 아버지를 피해 게임장 바닥에 누워 조용히 이야기를 듣던 큰언니가 불쑥 말했다. "거북이가 불쌍해." 그러자 어머니가 큰언니를 보며 물었다. "토끼가 아니라?" 그에 큰언니는 씨근덕거리며 대답했다. "토끼를 놓쳤으니 용왕이 거북이를 가만두었겠어요? 거북이는 그저 충직한 신하의 의무를 다했을 뿐이에요." 어머니는 대답 없이 천장을 바라봤다. 그러자 큰언니가 벌떡 일어나 소리를 지르고 말았다.

"어머니는 왜 아니라고 생각하는데요?"

어머니는 입을 살짝 벌렸다가 이내 다물어버렸다. 그런 어머니를 보며 큰언니는 무언가 복받친 사람처럼 계속 언성을 높였다. "어머니는 아무것도 몰라요. 아무것도!" 그러자 작은 언니가 일어나 베고 있던 베개를 큰언니에게 던지며 말했다.

"야, 너 진짜 싸가지 없다!" 그것을 시작으로 큰언니와 작은 언니는 서로 베개를 던지며 싸웠다.

언니들이 베개 싸움을 하는 동안, 나는 넋을 놓고 있던 어머니에게 다가갔다. 어머니가 나를 보고 웃었다. 아버지는 사나이 인생에 필요 없는 세 번째 막내딸이었던 나를 없는 자식 취급했지만, 어머니는 그런 나를 보듬어 줬었다. 나는 웃는 어머니를 보다가 물었다. "그런데 용왕은 어디가 아파서 토끼 간이 필요했던 걸까요?" 어머니는 또 입을 약간 벌렸다. 그것은 마땅한 대답이 떠오르지 않을 때 하는 버릇이었다. 한동안 입을 벌리던 어머니가 씨익 웃으면서 이를 드러냈다. 어머니의 이 색깔은 누랬고, 언젠가 아버지에게 맞아 부러져버린 앞니 자리가 비어 있었다. 그 구멍으로 바람이 쉭쉭 들어오자 이가 시렸는지 어머니가 입을 살짝 오므렸다. 그리고 나를 쓰다듬어주며 말했다.

"아마 그 망할 영감도 누구처럼 술을 많이 마셨나 보다. 술은 간을 망가뜨리거든. 너도 언젠가 용왕이나 거북이 같은 사람들을 만날 거야. 그럼 넌 꼭 도망치거라. 빠르게, 머얼리."

그러면서 어머니가 다시 웃었다. 나는 어머니의 앞니 자리에 난 구멍 사이로 손가락을 살짝 집어넣어 보았다. 손가락 끝에 혀가 만져질 것을 기대했다. 간처럼 매끈매끈하고 따뜻한 혀를. 그러나 어머니의 입안은 텅 비어 아무것도 잡히질 않았다.

　대학을 졸업할 즈음엔, 뭔가 지루하고 어수룩했던 인생이 조금은 바뀌어 있을 것이라 기대했다. 그러나 지금 졸업을 얼마 앞두지 않은 나의 인생은 여전히 지루하고 어수룩하다. 그것은 나보다 조금 나이를 더 먹은 취업준비생 작은언니도 그렇고, 그 작은언니보다 나이를 한 살 더 먹은 8년 차 치과위생사 큰언니도 마찬가지다.

　나는 거실 바닥에 배를 깔고 누운 채, 작은언니가 쓰다가 버린 이력서의 뒷면에 거북이를 그리고 있었다. 토끼를 놓친 거북이는 어떻게 되었을까. 용궁으로 돌아갔을까. 나의 모나미 펜이 진노한 용왕에 의해 목이 잘린 거북이를 그렸다. 아니야, 육지로 도망가버렸을지도 몰라. 모나미 펜은 다시 인간에게 잡혀 구워지는 거북이를 그렸다. 그 토끼는 어떻게 되었나. 이번엔 호랑이에게 잡아먹혀 다리만 남은 토끼를 그렸다. 자, 그렇다면 용왕은 죽었나, 살았나. 그에 비쩍 마르고 배만 불룩한 노인을 그렸다. 나는 죽어가는 용왕 그림을 들여다보다가 고개를 끄덕였다. 용왕을 노랗게 칠해야만 한다. 방에 있는 노란 색연필을 가지러 가기 위해 일어서려는데, 곁에 앉아 사과를 깎던 큰언니가 불쑥 말을 걸었다.

"이건 말도 안 돼. 막내야, 난 이해할 수가 없어."

나는 그런 큰언니의 시선을 외면했다. 가끔은 아버지의 주정보다도 큰언니가 더 무섭게 느껴지곤 했다. 큰언니는 절대 울질 않았다. 생애 첫 공연을 가족들이 보지 않았을 때도, 간직해온 디자이너의 꿈을 포기하고 보건대학에 들어갔을 때도, 저축한 돈을 털어가며 사랑했던 남자의 아기를 홀로 지웠을 때도, 치위생사가 되어 첫 출근한 날 흡입기를 잘못 놀려 환자의 침을 얼굴에 뒤집어썼을 때도 울지 않았던 것이다. 침을 뒤집어썼던 그날은 대신에 계속 세수를 했다. 그러자 옆에서 지켜보던 작은언니가 수건을 들고 큰언니의 얼굴에 둘둘 감았다. "자, 이젠 울어도 돼." 작은언니가 큰언니에게 속삭였지만, 결국 큰언니는 울지 않았었다.

"나, 막내 너 그렇게 안 봤는데 실망했다."

이미 끝냈다고 생각한 이야기를 큰언니는 자꾸 끄집어내고 있다. 그것이 마음에 들지 않았지만 딱히 반박할 수도 없어 잠자코 있었다. 그때 거실 한구석에 놓인 좌식 테이블에 앉아 32번째 이력서를 쓰던 작은언니가 우리 쪽으로 다가왔다. 그리고 내 옆에 쪼그리고 앉아 손으로 사과 조각을 집어

들었다. 접시 옆에 물고기 장식이 달린 포크가 있었지만 개의치 않았다. "품위 없게." 큰언니가 나무랐지만 작은언니는 묵묵히 사과를 베어 먹었다. 그러면서 나의 그림들을 힐끔거렸다. 나는 그림들을 팔로 슬그머니 가렸다. 그러자 작은언니가 시선을 큰언니에게로 돌리면서 말했다.

"막내가 싫대. 우리는 강요할 수 없잖아."

"강요할 수 있어. 가족이니까."

"너는 그저 할머니가 말한 돈 때문에 그런 거잖아, 이 계집애야!"

큰언니가 사과 조각을 하나 집어 작은언니에게 던졌다. 작은언니도 사과 조각을 던져버렸다. "둘은 정말 아버지를 닮았어." 나는 중얼거리며 자리에서 일어났다. 그리고 그림이 그려진 종이를 들고 방 안으로 들어와 문을 닫아버렸다. 어서 토끼의 간을 얻지 못해 노랗게 변하며 죽어가는 그 용왕을 완성하고 싶었다. 어두운 방 안을 두리번거리다, 책상 위에서 색연필 통을 찾아 노란색을 꺼내서 색칠했다. 얼마 지나지 않아 배가 불룩한, 노란 피부의 노인이 완성되었다. 그 그림을 보면서 내 배를 만졌다. "당신에겐 절대 주지 않아." 나는 꾀많은 토끼처럼 빠르게 멀리 도망쳐버릴 것이다.

어느 날부턴가 아버지는 술에 취해도 물건을 집어 던지지 않았다. 어머니가 집을 나간 지 3년째가 되면서부터였다. 그저 "사나이 인생 한 방! 사나이를 울리는!"이라고 구호를 외치다 잠드는 것이, 주정의 전부였다. 그에 우리 세 자매는 기뻐서 서로를 끌어안았다. 나는 가출한 뒤 가끔 내게만 안부 전화를 걸어오던 어머니와의 통화에서 이제 돌아와도 된다고 말했다. 그러나 전화기 너머의 어머니는 대답 없이 쉭쉭거리는 숨소리만 들려주다, 다음에 또 연락한다는 말만 남기고 전화를 끊곤 했다. 언니들은 그런 어머니를 서운해했다. "우리는 딸도 아닌가." 그때마다 나는 언니들이 좋아하는 궁중떡볶이를 만들어 달래줘야만 했다.

주정이 줄어든 아버지는 술 대신에 자꾸만 잠을 잤다. 햇볕이 잘 드는 거실 구석에 두꺼운 요를 깔아놓고 리모컨을 쥔 채 종일 자곤 했다. 늘어지게 자고 나면 부스스한 몰골을 한 채 큰언니더러 라면을 끓여 오라고 했다. "라면은 역시 신라면이지." 아버지는 1개 분량의 물에 신라면 2개를 넣고 졸이게 끓일 것을 요구했다. 그리고 그 짠 라면을 먹으며 케이블 채널의 영화들을 보다 또 잠이 들었다. 그것이 아버지 일과의 전부였다.

아버지가 쓰러졌던 밤에도, 여느 때처럼 자다 일어난 아버지는 영화를 보며 라면을 먹고 있었다. 그날의 라면은 내가 끓였다. 큰언니는 회식이, 작은언니는 면접이 있다며 나간 뒤 돌아오지 않고 있었다. 집에는 대학 졸업을 앞두고 토익 공부에 매진하던 나뿐이었다. 아버지는 내가 끓인 라면에 불평을 했다. "막내 계집애 너는 잘하는 것이 없구나." 그런 아버지의 다그침을 외면하며 영화를 보는 척했다. 영화에선 인간의 총에 맞아 머리가 깨진 좀비가 걸어 다니고 있었다. 저런 것을 보고도 아버지는 라면이 입에 들어가는가. 눈살을 찌푸리다가 갑자기 "케에엑!"하는 소리에 놀라 고개를 돌렸다. 아버지가 피를 토하고 있었다. 붉은 피가 불은 면발에 스며들었다. 급히 병원을 찾았고, 아버지는 간경화 말기 판정을 받았다. 그제야 나는 아버지의 배가 왜 점점 불러갔는지 알 수 있었다.

아버지를 치료할 유일한 방법은 간 이식이었다. "가족이 낫죠. 걱정 마세요, 간은 금방 자라니까요." 훤칠한 키의 담당 의사가 설명했다. 작은언니는 담당 의사에게서 눈을 떼지 못하다가, 큰언니가 팔꿈치로 찌르고 나서야 시선을 돌렸다. 큰언니는 턱으로 담당 의사의 왼손을 가리켰다. 그의 중지에는 반지가 끼워져 있었다. 꿈 깨라며 미소 짓던 큰언니에게 작은언니는 말없이 자신의 왼손에서 중지만 세워 들이댔다.

"이거나 드셔." 기가 막혀 하는 큰언니에 이번엔 작은언니가 미소를 지었다.

우리 세 자매는 즉시 간 이식에 적합한지를 위한 검사를 받았다. 긴 검사 과정에 피곤해진 작은언니가 병원 복도에 놓인 의자에 앉으며 툴툴댔다. "간 조금 떼어주는데 더럽게 복잡하네." 나는 병원에서 풍기는 소독약 냄새를 맡으며 언젠가 모두 함께 갔던 바닷가를 떠올렸다. 그곳에서도 이런 냄새가 났었다. 그 냄새를 더듬으며 내 손바닥에 손가락으로 토끼를 그렸고, 그것을 반복하다 보니 손바닥엔 토끼 형태가 옅게 새겨지게 되었다.

오직 나만 이식에 적합하다는 검사 결과가 나왔다. 큰언니는 맞지 않았고, 작은언니는 지방간의 수치가 높았다. 작은언니의 결과에 큰언니는 웃는 입을 손으로 가렸다. 우울한 표정을 짓던 작은언니는 자신의 뱃살을 살짝 쥐어보았다. "취업도 안 되는데 지방간이라니, 이건 비극이야." 그러나 나는 언니들에 비해 건강했고 아버지의 간과도 궁합이 좋았다. 언제든지 이식을 할 수 있다는 담당 의사의 말에 언니들이 나를 바라보았다. 왜였을까, 그 상황이 낯설지 않았다. 잠시 말없이 서 있던 나는 곧 고개를 가로저으며 말했다.

"저는 원하지 않아요. 아무것도 주지 않을 거예요."

그러자 담당 의사와 언니들 모두 용왕의 충성스런 거북이가 지었을 법한 표정으로 변했다.

똑, 똑, 똑. 방 밖에서 누군가 노크를 했다. 분명 큰언니일 것이다. 노크를 해도 대답이 없자 이번엔 방문이 열렸다. 언니들이 주춤거리며 방 안으로 들어왔다. 그러나 나는 막 완성한 그림만 들여다봤다. 목이 잘린 거북이와 구워지는 거북이, 잡아먹혀 다리만 남은 토끼와 죽어가는 용왕. 언젠가 토끼와 거북이 이야기가 여러 결말로 전해 내려진다고 들은 적이 있었다. 그 결말들을 다 알지는 못하지만, 욕심으로 시작해서 욕심으로 끝나는 토끼와 거북이의 결말은 틀림없이 나의 그림들과 비슷하리라.

"막내야, 우리 이야기 좀 하자." 눈치를 살피면서 서로의 몸을 쿡쿡 찌르고만 있던 언니들 중 큰언니가 용기를 냈다. 내가 따지려 드는 큰언니를 무서워하듯, 큰언니도 말 없는 나를 무서워했다. 나는 큰언니를 보지 않은 채 딱 잘라 싫다고 말했다.

"그래, 아버지가 우리에게 좋은 아버진 아니었지." 큰언니가 부드러운 목소리로 말하자 작은언니가 고개를 가로저었다. "언니는 뭘 몰라. 막내야, 우리 아버지가 돼먹지 못한 놈이었다는 건 알아." 그에 큰언니가 작은언니의 말투를 지적하자 작은언니가 화를 냈다. "막내는 어린애가 아니야. 사실대로 말해야 한다고." 이제는 내 방에까지 와서 싸우려는 언니들을 지나쳐 방 밖으로 나가려고 하자, 언니들이 내 어깨를 잡았다. 어깨를 잡은 언니들의 손에서 식어버린 땀이 느껴졌다. 차갑고 미끄덩한 지느러미와 같은 감각. 소름이 끼쳐 질색하며 내가 뒤돌아보자, 눈길을 주고받던 언니들이 동시에 말했다.

"우리 라면이라도 끓여 먹을까?"

라면은 큰언니가 끓였다. 2개 분량의 물에 신라면 3개를 넣은 짜고 불은 라면. 거실의 좌식 테이블 위에서 작은언니의 이력서들을 치운 뒤, 우리 세 자매는 둘러앉아 TV를 보며 라면을 먹었다. 큰언니가 그릇에 라면과 국물을 떠서 내게 건넸다. 작은언니는 입 한가득 라면을 우물거리며 말했다. "많이 먹어."

많이 먹으란 말이 왜 이렇게 불편할까. 나를 바라보는 언니들을 외면하면서, 뜨거운 면발을 후후 불어가며 먹었다. 굵은 라면 면발이 꾸역꾸역 식도를 타고 내려갔고, 짜고 매운 맛에 자꾸만 물을 들이켰다. 그러나 언니들은 입맛까지 다셔가며 후루룩 면을 삼켰다. 언니들은 아버지의 식성을 닮았다.

그런 언니들을 보고 있자니 식욕이 나지 않아 TV를 봤다. 마침 TV 채널에서 아버지가 쓰러지던 날 봤던 그 좀비 영화가 방송되고 있었다. 작은언니는 손발이 잘린 채로 괴성을 지르는 좀비에 신이 나서 말했다.

"좀비가 왜 저렇게 늘어나는 줄 알아? 바이러스야. 바이러스 감염 때문에 그러는 거야."

나는 영화에 집중했다. 좀비 바이러스는 피를 통해 돌고 돌아 감염된다. 그러면서 끊임없이 좀비들을 탄생시킨다. 아버지도 하나의 바이러스였다. 매번 술을 마시고 사나이다움을 명분 삼아 누군가를 진창으로 끌어들였다. 그 지긋지긋한 바이러스가 이젠 언니들까지 감염시켜버렸다. 언니들은 아버지가 어머니한테 했던 것처럼 나를 끌어당기고 있었으니까.


처음부터 언니들이 내게 간을 줄 것을 종용하지는 않았다. 위험한 수술을 감당하기에는 우리에게 아버지란 존재가 너무 작았다. 작은언니는 "너 대단하다."라고 말하며 엄지를 치켜세워 보이기까지 했다. 그 때문에 병원 사람들이 수군대는 소리가 들려도 우리는 태연했다. "세상에, 자기 아버지를……. 요즘 애들은 무서워." 그 수군거림은 마침내 아무것도 모르고 있던 아버지의 귀에까지 들어갔다. 식사를 날라다 주던 아줌마를 통해서였다. "참말로, 새끼덜 뼈 빠지게 키워봤자 뭔 소용 있다요? 가안은 떼줘도 금방 자란다고 하든만." 가안? 아버지는 아줌마와 한참을 말씨름한 뒤에서야 그녀가 말하는 '가안'이 그 간임을 알았고, 우리 중 누군가가 이식이 가능하지만 거부하고 있다는 사실도 알았다.

아버지가 우리 세 자매를 불러놓고 추궁하기 시작했다. "큰 년이냐? 작은 년이냐? 그도 아니면 막내 계집애냐?" 그러나 우리가 입을 꾹 다물고 있자 아버지는 병실 안 물건들을 잡히는 대로 집어 던지며 물었다. "계집애들 중 누군가는 나를 살릴 수 있다!" 아버지의 물건 던지기는 병원 직원들이 와서 진정제를 놓기 전까지 계속되었다. "놔라, 이것들아! 이건 내 생사가 달린 문제야!" 진정제를 맞으면서까지 소리를 지르는 아버지를 피해 우리들은 도망쳤다. 그리고 병원 산책로의 벤치에 나란히 앉아 자판기에서 코코팜을 뽑아 나눠 마셨다. 코코넛 맛 알갱이를 씹어 먹던 작은언니가 먼저 입을 열었다.

"아무래도 누군지를 말해야 하지 않을까?"

큰언니가 고개를 저으며 말했다. "그럼 막내는 결국엔 간을 내놓아야만 할걸." 나는 다 마셔 빈 코코팜 캔을 재활용통에 던져 넣었다. 작은언니는 박수를 치며 브라보를 연발했고, 큰언니도 마지못해 박수를 쳤다. 그러고 난 뒤 큰언니는 단호하게 선언했다. "우리는 절대 아무 말도 하지 않는 거다. 절대로." 이번엔 작은언니와 내가 박수를 쳤다. "브라보!"

얼마 지나지 않아 아버지는 이식 가능자가 나임을 기어코 알아냈다. 분개한 아버지가 몰아붙였다. 그러나 우리 세 자매는 어떤 반응도 보이지 않았다. "너라며, 제일 작은 년 너라며!" 나에게 삿대질하며 달려들던 아버지는 직원들에 의해 진정제를 맞고 정신을 잃었다가 기운을 차리면 다시 달려들었다. 때로는 간곡하게 애원하거나 빌기도 했다. "이 사나이 한 번만 살려주라!" 그래도 꿈쩍하지 않자 아버진 최후의 수단으로 할머니를 불렀다. 그동안 할머니가 한 번 오겠다고 해도 말리면서 병원비나 부쳐달라고 했던 아버지였다. 아버지를 통해 모든 전모를 알게 된 할머니는 지고 온 보따리를 병실 바닥에 내려놓기도 전에 지팡이로 내 등을 후려쳤다. "수작을 부린다믄서? 독한 년, 그래도 니 애비다!"

할머니는 병원에 머무르면서 아버지가 했던 그대로 나를 설득하려 했다. 화를 내기도 하고 울며 매달리기도 했다. 그러나 여전히 내가 단호해하자 할머니는 자신의 허리춤에서 통장 하나를 꺼냈다. 그리고 언니들과 내 앞에 턱 하니 펼쳐 보였다. "우와, 0이 일곱 개네." 작은언니가 감탄했다. 할머니의 통장에는 이천만원이 들어 있었다. 그러자 회진 차 병실에 있었던 담당 의사가 정색했다. "할머니, 장기 매매는 불법인데요." 그에 할머니는 지팡이를 휘두르며 소리쳤다. "가족인디 매매는 무신! 이눔아, 이건 용돈이여!" 지팡이를 피해 담당 의사가 병실을 나가자, 할머니는 큰언니부터 통장을 차례대로 보여주며 말했다.

"네 아버지 치료빈디 너그털 다 주마. 돈은 또 구하면 됭께. 간만 떼 주면 된다."

할머니의 말에 나는 코웃음을 치며 고개를 돌렸다. 그러나 큰언니와 작은언니는 할머니의 통장에서 오랫동안 눈을 떼지 못했다.


어머니의 이는 아버지의 주정에 의해 계속해서 부러졌다. 아버지가 던진 리모컨에, 목침에, 주먹에 맞아 우수수 부러져나갔다. 42세였던 어머니는 62세로 보였고, 그것을 숨기기 위해 늘 마스크를 쓰고 다녔다. 그러나 어머니가 주정뱅이 남편한테 맞고 산다는 것을 모르는 동네 사람은 아무도 없었다. 그들은 어머니를 동정했다. 그래서 어머니가 슈퍼마켓에 오면 주인아줌마는 재활용 비누나 콩나물 등을 덤으로 얹어주곤 했다. 어머니는 자신이 받은 덤들을 내게 곧잘 자랑스럽게 보여줬다. "그래도 이거 한 가지는 좋다, 그치?"

어머니는 이가 부러져도 늘 아버지의 폭력을 받아냈다. 견딜 수 없어지면 지하 게임장으로 피신하고, 토끼와 거북이 이야기를 자매에게 들려주며 버텼다. 그러다가 어느 날 별안간 떠나버렸다. 언니들은 그런 어머니를 불쌍하게 여기면서도 한편으로는 비난했다. "혼자만 도망가버렸어." 그러나 나는 어머니가 도망간 것이 아니라 떠나야만 했던 것을 알았다.

어머니가 떠났던 날, 나는 평소보다 일찍 집에 돌아왔다. 며칠 전부터 있었던 감기 기운이 심해진 탓이었다. 그런데 집 안으로 들어서자 어딘지 묘한 분위기가 감돌았고, 낯선 이질감마저 엄습해왔다. 나는 덜컥 겁이 났다. 본능적으로 집에서 벗어나고 싶었다. 그러나 다리는 자꾸만 안으로 향했다. 그 안으로, 안으로. 내 눈에 들어오는 집 안의 살림 가재들은 대부분 부서져 있었고, 그 광경은 이제까지 본 것 중에 가장 처참했다. 무서워져서 나는 어머니를 불렀다. 엄마, 엄마아. 그러던 중 지하실 게임장에서 무슨 소리가 들려오는 것을 알아챘고, 한걸음에 달려가 게임장의 문을 힘껏 열었다.

나는 '바다이야기' 슬롯머신에 기댄 아버지의 목을 조르고 있던 어머니를 발견했다.

처음엔 그 여자가 어머니가 아닌 줄 알았다. 미역 줄기처럼 늘어진 머리카락을 휘날리며 목을 조르고 있던 그녀에게

선 미소마저 엿보였으니까. 아버지는 컥컥대며 주먹으로 슬롯 머신의 버튼들을 마구 내려치고 있었고, 슬롯머신 화면에 비치는 4개의 원판이 시끄러운 소리를 내며 급박하게 돌아갔다.

아버지의 목을 조르던 어머니는 나를 발견하자 재빨리 손을 뗐다. 그러나 꾹꾹 억눌려 있던 광기는 여전히 남아 아버지를 짓누르고 있는 듯했다. 어머니가 뱀처럼 쉭쉭거리면서 헝클어진 머리카락 사이로 나를 봤다. 무언갈 말하고 싶은 눈치였지만 말하지 않았다. 그녀는 천천히 아버지에게서 몸을 뗐다. 그러자 아버지가 몸을 웅크린 채 기침을 했다. 그런 아버지를 내버려두고 어머니가 내게로 다가와 섰다. 그리고 쉭쉭 웃으면서 말했다.

"아무래도 떠나야 할 것 같구나. 빠르게, 머얼리."

그 말을 남기고선 어머니는 게임장을 나섰다. 그제야 나는 내 다리 사이가 축축해져 있다는 것을 알았다. 다리를 타고 흘러내린 노란 오줌이 방바닥을 적셨다. 그 오줌을 물끄러미 바라보다가 나는 고개를 들었다. 어머니는 떠났고, 아버지는 여전히 웅크리고 있었다. 아버지가 버튼을 쳐서 돌아가던 슬롯머신 4개의 원판은 숫자 7에서 전부 멈춰 늘어서 있었다.


라면을 먹고 난 뒤 후식으로 커피를 마셨다. 커피는 작은

언니 담당이었다. 전기포트에 물을 끓이면서 작은언니가 커피믹스 스틱을 흔들었다. "몇 개씩?" 언니들은 2개, 나는 1개 반이었다. 달콤한 커피를 마시면서 우리는 말이 없었다. 큰언니는 큰언니대로, 작은언니는 작은언니대로, 나는 나대로 생각에 잠겨 있었다. 그러는 동안 좀비 영화가 끝나고 엔딩 크레딧이 올라갔다.

영화가 끝나자마자 나는 커피를 마시다 말고 일어섰고, 언니들이 놀란 눈으로 나를 쳐다봤다. "막내, 너 왜 그래." 큰언니가 물어왔지만 그대로 방으로 들어가버린 나는, 곧 코트를 들고나와 그것을 껴입으며 말했다. "아무래도 어머니를 찾아가봐야겠어." 그 말에 커피를 마시다 혀를 덴 작은언니가 찔끔거리며 물었다. "갑자기 어머니는 왜?" 그에 나는 잠시 머뭇거리다가 대답했다.

"어머니라면 알 거야. 간을 줘야 하는지 말아야 하는지."

내 말에 큰언니와 작은언니가 서로를 마주 봤다. 그리고 너나 할 것 없이 일어나 옷을 입었다. 트레이닝복 위에 하늘색 반코트를 겹쳐 입던 큰언니가 말했다. "그런데 어머니가 어디에 있는 줄 모르잖아?" 작은언니가 차키를 챙겨 들고 현관을 나서자 나는 그녀의 뒤를 따르면서 대답했다. "몰라. 하지만 바다로 가면 될 것 같아." 그에 언니들은 툴툴댔다. "에이, 그게 뭐야. 너무 막연하잖아." 그러나 나의 단호한 표정에 곧 입을 다물었다. 나에겐 언제나 언니들한테는 없는 어머니에 대한 어떤 확신이 있었다.

낡은 소형차는 오랫동안 사람 손을 타지 않았던지라 그늘진 구석에 주차되어 있었다. 갑작스런 여행을 제안한 내가 운전하기로 했다. 시동을 걸고 히터를 틀자 창에 김이 서렸다. 조수석에 앉은 작은언니가 그것을 장갑으로 닦는 동안, 나는 운전석 창문에 서린 김 위에 손가락으로 토끼와 거북이를 그렸다. "그것 좀 그만 그려." 내 바로 뒤에 앉은 큰언니가 손을 뻗어 그림을 지워버렸다. 어느 정도 시야가 확보되자 차를 움직였다. 차는 단지를 빠져나와 바다 그 어딘가로 향했다.

한동안 국도로 가다가 경부고속도로를 탔다. 동해에 가기로 결정한 것이다. 그것은 큰언니의 결정이었다. 어머니가 동해에 있을 것 같아서가 아니라, 경부고속도로를 타고 가다가 중간 지점에 있는 휴게소에 들러 우동을 먹고 싶다는 이유에서였다. 몇 년 전 돈만 축냈던 전 남자친구와 동해로 여행 갔다가 들른 휴게소에서 먹었던 우동이 참 맛있었더라는 것이다. 입맛을 다시며 그때를 회상하던 큰언니가 갑자기 소리를 질렀다. "그 여행비용도 다 내가 냈어! 게다가 그 여행 때문에 임신을 했었지." 그러자 내 옆의 작은언니가 창밖을 보며 말했다. "이거 본래의 목적에서 멀어지는 여행이 되겠는데."

큰언니 말대로 경부고속도를 타던 중, 중간 지점에서 휴게소를 발견했다. 평일 저녁이라 휴게소 주차장은 한산했고, 어디선가 뽕짝이 울리며 엿장수가 커다란 가위로 엿을 자르고 있었다. 찰칵찰칵, 차에서 내린 작은언니가 가위질을 손가락으로 흉내 냈다. "나도 이번까지만 이력서 쓰고 안 되면 엿장수나 할까 봐." 그러자 큰언니가 가운뎃손가락을 세워 보였다. "엿장수는 아무나 하니. 그냥 엿이나 드셔." 작은언니는 그런 큰언니를 흘겨봤다. "자기가 더 잘하면서 만날 나보고만 뭐래."

휴게소로 들어서자, 큰언니는 변덕을 부려 돈가스를 먹겠다고 했다. "생각해보니 새로운 추억을 만들 필요가 있는 것 같아." 그러자 작은언니가 큰언니 대신 우동을 먹겠다고 했고, 나는 볶음밥을 골랐다. 휴게소 볶음밥은 지나치게 부슬부슬했다. 우리는 말없이 음식을 먹었다. 그러다 작은언니가 휴대폰으로 시간을 확인했다. "동해 도착하자마자 올라와야겠다. 나 내일 면접 있어." 그에 큰언니도 돈가스를 씹으며 끄덕였다. "나도 근무야." 그러면서 두 사람은 한숨을 푹 쉬더니 동시에 중얼거리며 나를 봤다. "돈만 있다면 이까짓 것들은……."

언니들의 말에도 나는 묵묵히 볶음밥을 먹었다. 그러다 그만 밥 안에 들어 있던 오징어 살이 이 틈에 끼어버렸다. 내가 혀를 이리저리 굴리며 오징어 살을 빼내려고 애쓰고 있을 때, 큰언니가 돈가스 조각을 내 볶음밥 위에 올려주며 말했다. "그래도 우리 아버지잖아." 그러자 금세 우동 국물을 비워낸 작은언니가 오물거리며 말했다. "그래, 우리 아버지잖아."

언니들은 자꾸만 아버지라는 명목을 내세워 내 간을 빼앗으려고 한다. 자신들의 그 은근한 속내는 아버지에게 있지도 않으면서. 나는 두 사람을 참을 수 없었다. 안 그래도 이에 낀 오징어 살 때문에 짜증이 나던 참이었다. 결국 나는 날카로운 목소리로 소리를 질렀다.

"어머니가 떠나게끔 했잖아. 그건 아버지가 아니야. 그리고 언니들도 좀 솔직해져라."

화가 나서 밥을 먹다 말고 밖으로 나와, 혼자 차 안으로 들어와버렸다. 나는 백미러로 이를 살피며 부지런히 혀를 굴렸다. 빠져라, 좀 빠져라. 그러나 아무리 애를 써도 오징어 살은 빠지질 않았다. 오히려 혀를 굴릴수록 더 깊숙이 파고드는 것 같았다. 나는 한참을 낑낑대다가 이내 빼내는 것을 그만두었다. 언젠가는 빠지겠지. 그렇게 생각해버리자고 마음먹었더니, 조금은 진정이 되는 기분이었다.

10분쯤 지나 언니들이 차로 돌아오자 다시 출발했다. 큰언니가 머뭇거리다가 내게 아이스크림을 건넸다. 운전하는 나를 대신해 작은언니가 아이스크림을 받았다. 그리고 껍질을 벗겨 내 입에 물려주었다. 입안이 차가워지자 껴 있던 오징어 살로 불쾌했던 마음이 조금 누그러졌다. 우리는 말없이 여행을 계속했다. 그 침묵을 깨고 자기 몫의 죠스바를 쪽쪽 빨던 작은언니가 보라색 혀를 내밀며 말했다. "그냥 면접 안 가기로 했어. 하루쯤은 뭐." 그러자 메로나를 베어 먹던 큰언니도 말했다. "나도 휴가 냈어. 하루쯤 뭐 어때."

아이스크림을 빨며 "하루쯤은 뭐."를 번갈아 주고받는 언니들을 보면서 나는 의미 없이 "하루쯤은 뭐."를 중얼거려봤다. 언니들은 늘 저렇게 손발이 잘 맞고, 말도 잘 맞았다. 끊임없이 싸우면서도 끊임없이 뭉치곤 했다. 그러나 나는 아니었다. 나는 사나이식 인생이 전부였던 아버지에게도, 똘똘 뭉친 언니들에게도 항상 동떨어져 있는 대상이었다. 아버지에게는 딸이라는 이유로 그랬고, 언니들에게는 아직 나이가 어리다는 이유로 그랬다. 오직 어머니만이 나와 함께였었다. 그러나 그 어머니는 내게 없다. 떠나야만 해서 떠나버렸다. 빠르게, 머얼리.

나는 유일하게 나와 가깝던 어머니를 찾아 향해가고 있다. 그녀라면 내가 선택해야 할 방향을 말해주지 않을까. 그녀가 아버지를 떠나야 했던 이유를 가진 것처럼, 나도 아버지에게 간을 줘야 할 이유를 알고 싶다.

동해의 어느 바닷가에 도착했을 땐 이미 날이 저물어 있었다. 큰언니가 남자친구랑 왔다던 그곳이었다. 밤의 바다는 파도 소리만 들릴 뿐 아무것도 보이질 않았다. 애초에 어머니를 찾겠다고 한 것 자체가 무리였던 여행이었다. 그러나 우리 세 자매는 신이 나 바다로 돌진했다. 큰언니는 전 남자친구랑 걸었던 모래사장을 발로 차며 뛰어다녔다. "바다에 왔다, 나쁜 자식아!" 큰언니가 욕을 하며 바닷가를 뛰는 동안, 나와 작은언니는 모래성을 만들었다. 그러나 팍팍한 모래성은 자꾸만 무너졌다. 계속 무너지는 모래성에 질린 작은언니가 만들다 만 모래성을 발로 밟은 뒤 바다로 몸을 던졌다. 풍덩! 그리고 수영을 했다. "난 아마 수영선수가 되었어야 했나 봐!" 자유자재의 영법을 선보이며 작은언니가 외쳤다.

우리는 곧 순찰 중이던 경비대에 의해 바다에서 나와야만 했다. 해안 경비 구역이라 밤에는 이용할 수 없다고 했다. 나와 큰언니는 아쉬워하는 작은언니를 겨우 물속에서 끌어

내 차에 올라탔다. 늦었으니 잘 곳이 필요했다. 다행히 바닷
가 주변이라 숙박시설은 많았다. 화려한 네온사인들을 보며
천천히 운전하는데, 작은언니가 한 곳을 가리키며 반색했다.
"저기다!" 그녀가 가리킨 곳은 '바다이야기'라는 모텔이었다.
"저긴 러브호텔이야." 큰언니가 그 모텔을 보며 덤덤하게 말
했다. 그에 나와 작은언니가 눈을 가늘게 뜨고 쳐다보자, 큰
언니가 순순히 시인했다.

　"오냐, 바로 저곳이 임신이 되어버렸던 바로 그 역사적인
장소다!"

　우리는 '바다 이야기'의 주차장에 차를 주차했다. 그리고
안으로 들어갔다. 카운터 직원은 후줄근한 차림의 여자 3명이
모텔로 들어오자 이상하게 쳐다봤다. 그러자 큰언니가 말을
더듬거렸고, 그를 한심하게 보던 작은언니가 말했다. "그냥
방이나 주세요. 이 언닌 원래 바보예요." 그에 직원이 고개를
끄덕이며 어떤 방을 고르겠냐고 물어봤다. 작은언니가 직원이
내민 안내서의 사진들을 보며 방을 고르는 동안 큰언니가 내
게 당황한 목소리로 물었다. "저 남자, 둘째가 바보라고 하
니깐 고개 끄덕였지?" 나도 대답 없이 고개를 끄덕여주었다.

　작은언니가 고른 방은 '용궁'이었다. 4인용 방이었지만 남
은 방이 그것뿐이었다. "그런데 4인용은 뭐야? 러브호텔은 2

인용이면 충분한 거 아니야?" 내가 묻자 작은언니는 손가락을 자신의 입술에 대며 말했다. "쉿, 세상에는 다양한 사람들이 있다고." 나도 작은언니처럼 손가락을 입술에 대며 대꾸했다. "쉿, 나도 알아."

'용궁'은 정말 용궁과 같은 모습으로 꾸며져 있었다. 거대한 조개 껍질 안에 푹신한 매트리스가 깔려 있었고, 방 안은 온갖 해산물 모양의 장식들로 치장되어 있었다. 바닷속 분위기를 내기 위해 푸른색과 연보라색 조명도 빛났다. 가장 먼저 큰언니가 조개 침대 위로 뛰어들었고 다음엔 작은언니가, 마지막으로 내가 언니들 사이로 뛰어들었다. 침대에 누워 우리는 다 함께 외쳤다. "우린 진짜 용궁에 왔다!"

우리 세 자매는 마치 바다에 잠겨 있는 기분을 만끽했다. 바다는 차가울 것만 같았는데 의외로 아늑했다. 문득 어머니가 있었다면 좋겠다는 생각을 했다. 나는 내 배 위에 양손을 가지런히 겹쳐 올려놓았다. 예전에 어머니는 내게 용왕이나 거북이 같은 사람들을 만나면 도망치라고 했었다. 그러나 나는 그럴 수가 없을 것 같다.

내 손 위로 큰언니와 작은언니의 손이 겹쳐왔다. 나는 언니들의 손이 차가울 거라고 생각했다. 아까 방에 있는 나에게 라면을 먹이기 위해 끌어당겼던 그때의 감각처럼, 축축하고 미끄러운 지느러미와 같은 감각일거라고 생각했다. 그러나 여기 '용궁'에서의 언니들의 손은 더없이 따뜻했다. 오랜만에 언니들의 푸근함을 느끼며, 나는 감겨드는 목소리로 물었다.

"아버지가 내 간을 받고 다시 사나이 인생이 되면 어떡해?"

그러자 언니들이 센 힘으로 내 손을 잡았다. 그리고 그 어느 때보다 단호한 목소리로 큰언니가 말했다. "그러면 이번엔 우리가 도망가자. 그리고 어머니를 찾자." 큰언니의 말에 나와 작은언니는 고개를 끄덕였다. 그래, 그때는 꼭 도망칠 것이다.


목이 말라 눈을 뜨니, 언니들은 없었다. 어디선가 익숙한 소독약 냄새가 났다. 아니, 바다의 냄새인가. 나는 몽롱한 의식 속에서 문득 조개 침대 곁에 무언가가 서서 나를 내려다보고 있다는 것을 알아챘다. 자세히 보니 그것은 분명 거북이였다. 짙은 초록색의 길쭉한 얼굴에 까맣고 작은 눈. 토끼를 데려간 거북이는 언제나 망할 자식이라고 생각했지만, 이렇게 보니 생각보다 서글픈 눈빛을 가진 녀석이었다.

"나를 데리러 온 거야?"

「응, 이제 가자.」

"그거, 아퍼?"

「괜찮아. 금방 나을 거야.」

"그렇구나. 그럼 됐어."

「고마워.」

거북이가 고개를 숙였다. "아니야, 뭘." 그런데 거북이는 계속 고개를 숙인 채 그대로 있었다. 나도 고개를 가볍게 숙였다 들면서 말했다. "알았어. 이제 됐으니 가자." 거북이가 천천히 고개를 들었다. 검은 눈동자에서 초록빛의 물이 반짝이고 있었다. 그리고 그 물은 내 눈가에도 흘러 축축하게 볼을 적시고 있었다.

# 아버지를 이해하기 위하여

노태훈(문학평론가)


땅이 갈라지고 세계가 불타오르며 아버지는 사라지거나 죽는다. 박송아가 그려낸 일곱 편의 이야기를 이렇게 요약할 수 있을까. 무능력과 폭력성 정도는 기본적으로 갖추고 최소한의 책임감조차 기대하기 어려운 이곳의 아버지들은 가족을 건사하겠다거나 사회적으로 성공하겠다는 일말의 의지 역시 없어 보인다. 그런 아버지들을 대신해 세계를 그나마 살아갈 만한 곳으로 만드는 일은 아이들에게 주어져 있다. 이들은 비뚤어진 세상을 똑바로 바라보면서 "욕하면 1점! 때리면 2점! 둘 다면 3점!"(210쪽)의 방식으로 고통을 견딜 만한 것으로 만든다. 다시 말하자. 땅이 갈라지고 세계가 불타오르지만 아이들은 사라지지도 죽지도 않는다.

"사나이, 인생 한 방"(221쪽)이라는 말을 달고 사는 아버지가 망하지 않기는 어려운 일일 것이다. 「신 귀토지설」의 아버지는 아내와 세 딸로부터 끝내 버림받았고 이제 막내딸에게 간 이식을 종용해야 하는 처지가 되었다. 태생은 선연하고 핏줄은 질긴 것이어서 도피를 감행한 세 딸이 결국 더이상 도망치지 않기로 결심하고 이식을 마음먹을 때, 소설은 일견 뻔한 결말에 다다른 듯하지만 거북의 "검은 눈동자에서 초록빛의 물이 반짝"(253쪽)이는 장면을 통해 독특하게 도약한다. 애물단지가 된 '바다이야기' 슬롯머신이 용궁으로 뒤바뀌고 아버지는 비로소 용왕이 된다. 딸들은 어떻게 되는가. 바다의 용왕과는 아무런 관련이 없는 토끼가 되고, 이제야 일말의 동정심과 시혜를 발휘해 간 따위 조금 내어줄 수 있게 된다. 자신을 세상에 내보낸 유전자 제공자로서의 아버지가 아니라 영원히 사나이가 되지 못할 한 남자의 비루한 삶을 곁에서 지켜본 목격자로서 이들은 그렇게 할 수 있게 된다. 작가는 전형적인 중년 남성의 보잘것없는 초상을 일방적으로 비난하지도, 그 애환을 감싸주지도 않는다. 다만 어떤 시간을 함께 통과해온 공동체의 구성원으로서 최소한의 '도리'를 그려낼 뿐이다.

「마지막 서커스」가 표제작인 이유는 거기에 있다. 각각의 방식으로 '모자란' 세 아이들을 서커스단이라는 이름으로 끌고 다녔던 아버지는 어쩌면 학대를 자행했는지도 모른다. 갓 10대가 된 아이들에게 억지로 접시를 돌리게 만들고, 외발자전거를 타게 하고, 광대 분장을 시킨, 심지어는 '진짜' 아버지도 아니었던 그는 남은 생을 감옥에서 보내는 게 마땅했을 수 있다. 하지만 손이 없고 발목이 돌아갔으며 말을 할 수 없었던 아이들의 이야기를 들어주던 유일한 사람이 아버지이기도 했다. 세상의 사람들은 아버지가 스스로 이 사태를 '신고'하고 나서야 그들의 이야기를 들어주었다. 그리고 끝내 어떤 이야기는 듣지 않았다. 아버지 덕분에 이들은 어떤 편견이나 계산도 없이 자연스럽게 각자의 역할을 분배할 수 있었다. 손과 발이 멀쩡한 '나'가 음식을 날랐고 말을 할 수 없다면 재빨리 손글씨를 쓰면 그만이었다. 아버지는 이들에게 '배려'나 '양보'를 가르치지 않았다. 그는 각자가 자신의 처지와 삶을 있는 그대로 받아들이기를 바랐고 결과적으로 이들 모두 "아주 잘 살아가고 있"(80쪽)다. 그러므로 이렇게 아버지를 기억하고 용서하는 이야기와 자신의 인생을 향해 가운뎃손가락을 세우는 이야기는 유쾌하게 공존할 수 있다.

감상적이고 상투적인 결말이 끝내 단순하게 읽히지 않는 것이 이 소설집의 장점이라고 했을 때, 「배꼽의 기원」은 그것을 잘 보여준다. 여기에는 '세 번째 아버지'가 등장한다. '나'가 세상에 나오기까지 연이어 일어난 죽음의 행렬을 견디지 못하고 떠나간 '친아버지'와 어머니의 첫 번째 재혼 상대였던 '커트 리'에 이은 '세 번째 아버지'는 죽음의 슬픔과 고통 앞에서 깔깔 웃음을 터뜨리는 '나'를 유일하게 이해해주는 사람이었다. "누군가가 죽었을 때 웃는 나를 무섭지 않다고 해줬던 최초이자 마지막 사람"(30쪽)의 기대를 배반하게 될까 봐 '나'는 증조할머니의 죽음을 오해하고 집을 떠나게 되는데 십수 년의 시간이 흘러서야, 또 자신의 삶을 스스로 마감하겠다는 결심을 하고 나서야 '세 번째 아버지'의 집을 찾게 된다. 그곳에 아버지는 없었고 '나'는 자신을 언니라고 부르는 동생을 만나게 되는데 죽기를 결심했다는 '나'에게 그간의 이야기를 들려주고 급기야 선선히 작별 인사까지 건네는 '동생'을 통해 '나'는 "진심"(42쪽)의 무게를 덜고 삶으로 다시 방향을 틀게 된다. '배꼽'에 관한 일화도 그렇지만 이 소설은 말 그대로 대책 없는 이야기이다. 사전적 의미처럼 '나'에게는 '어떤 일에 대처할 계획이나 수단'이 전혀 갖추어져 있지 않다. 대책은 미래를 기대하고 준비할 때에야 가능한 개념이다. 현재를 살아가기에 급급한, 지금의 만족을 만들어 내기에도 벅찬 사람들에게 대책은 없다. 그러나 작가는 우리가 '안심(安

心'만은 가질 수 있기를, 그것마저 배반하지는 않기를 간절히 바라고 있는 듯하다. 그토록 확고한 죽음에의 결심도 'M'과 '여학생'의 눈물을 결코 이길 수는 없었는데 이 신파가 위로가 된다는 점도 부정할 수는 없을 것이다.

세계가 갈라져 나갈 때(派派) 어떤 아버지(papa)는 '개새끼'에서 영웅이 되기도 한다. 「파파」는 '모'에 의해 새로운 세계가 열리는 이야기이다. 이것은 세계가 붕괴되고 있다는 사실을 최초로 알아챘다는 의미에서도, 아버지를 죽이고 자신의 세계를 열어젖혔다는 점에서도 그렇다. 세계가 갈라지고 무너지기 시작하자 모든 것들은 '전복'되기 시작하고 아버지가 그토록 기다리던 힘의 논리는 강력한 영향력을 발휘한다. 역설적이게도 어느덧 '모'는 자신의 힘이 더 강해졌다는 것을 깨닫게 되면서 살부(殺父)와 동시에 '모'의 세계를 연다. 이때의 모는 아버지의 대타항으로서 어머니의 상징이기도 하면서 또한 아무개(某)의 은유이기도 하다. 절대적 지배자의 세계로부터 수평적 익명성으로의 이동은 이 소설의 결말이 암시하는바 어떤 의미에서는 파국이기도 하다. 하지만 새로운 시작은 폐허일 수밖에 없고 그것은 유독 이 소설집에서 방화(放火)가 강조되는 이유처럼도 보인다.

「화마」의 주인공 '여씨'는 아버지 없이 자란 딸이 결혼생활에 실패하고 엄마인 자신에게 모든 살림살이를 버려두다시피 하는, 급기야는 키우던 강아지마저 내맡기는 상황에서 그것들을 처리하기 위해 질렀던 불이 조금씩 번져나가고 결국 개집에 있던 강아지까지 집어삼킬 때 묘한 '평화'를 느낀다. 남편과 딸, 그리고 자신마저 견디면서 그토록 애를 쓰며 살아왔건만 "모든 파괴와 소멸의 순간이 놀라울 정도로 상냥하다는 것을"(186쪽) '여씨'는 깨닫는다. 알 수 없는 두려움과 막연함에 아등바등 지켜온 가족이라는 울타리와 애정과 증오가 착종된 복잡한 마음들이 그렇게도 순식간에 사라질 수 있음을, 사실은 그것이 얼마나 연약하고 단순한 것이었는지를 비로소 알게 되는 이 소설의 마지막 장면은 남성에 의해 야기된 '수치심'을 전소(全燒)시키는 효과를 준다.

세상은 사전으로 배울 수 없다고 역설하는 「빅 매리」 역시 "봄을 태워버리고 싶어. 남김없이 타버려서 이 세계에 존재하지 않기를 원해"(85쪽)라는 문장으로 시작한다. 인생의 봄날이 오지 않는다고 한탄하던 '난쟁이' 아빠로부터 폭력의 지배를 받던 '매리'는 비슷한 처지의 '번개'와 '열쇠'와 '양'을 만나면서 떠도는 삶을 시작하게 되고 컨테이너에 비대한 몸이 갇힌 채 구경거리로 전락한다. 불을 지르고 누군가를 깔아뭉개 질식하게 하는 일은 당연하게도 '매리'가 의도한 것은 아니었다. 하지만 조금의 진심을 드러내는 것만으로 이들은, 사육사를 죽였다는 이유로 교수형에 처해진 코끼리처럼, 재빨리 단죄받는다. 어떤 기대나 작은 희망도 허락되지 않는 그들에게 '봄'이 무의미해지는 것은 어쩌면 당연한 일일 것이다.

그러나 박송아의 세계가 절망으로만 점철되는 것은 아니다. 서로 다른 약자들이 자신이 더 불행하다고 악다구니를 쓰면서도, "구원"(208쪽)을 외치면서 폭력과 죽음을 방조하고 자행하는 와중에도 다시 새로운 아이들이 태어나기 때문이다. 이토록 아버지를 증오하고 이해하는 딸들의 뱃속에 또 징그럽게 다음 아이들이 들어 있기 때문이다. 이들은 아버지의 세계를 모조리 불태워버릴 것이다. 그리고 그곳에서 다시금 시작할 것이다. 물론 결국 아버지들은 돌아올 것이고 아이들은 또 실패할 것이다. 상관없다. 조용히 가운뎃손가락을 들어 올리고 불을 지르며 다시 시작하면 된다.

# 작가의 말

조애자, 나의 사랑하는 할머니에게
이 책의 마음을 드린다.

## 수록작품 발표지면

「배꼽의 기원」 … 《문장웹진》(2014년 6월)

「마지막 서커스」 … 《문장웹진》(2013년 11월)

「빅 매리」 … 《문장웹진》(2015년 11월)

「파파(派派)」 … 《문학들》(2016년 봄호)

「화마」 … 《자음과 모음》(2018년 여름호)

「휴거」 … 《문장웹진》(2019년 12월)

「신 귀토지설」 … 2012년 세계일보 신춘문예 단편소설부문 당선작

# 마지막 서커스

ⓒ 박송아

2023년 5월 15일 초판 1쇄 발행

**지은이** 박송아

**펴낸이** 김재범

**인쇄·제책** 굿에그커뮤니케이션

**종이** 한솔PNS

**펴낸곳** (주)아시아

**출판등록** 2006년 1월 27일 제406-2006-000004호

**주소** 경기도 파주시 회동길 445

**전화** 031.944.5058

**팩스** 070.7611.2505

**이메일** bookasia@hanmail.net

**ISBN** 979-11-5662-630-5 03810